Ein Unfall mit tödlichem Ausgang. Ein geheimnisvolles Satzzeichen. Ein aufdringlicher Besucher. Ein plötzlicher Herzstillstand: Es sind die unterschiedlichsten Dinge und Ereignisse, die Hilary Mantels Figuren aus der Lebensbahn werfen – mal für kurze Zeit, mal für immer. Gemein ist ihnen, dass sie tief ins Fleisch des Daseins schneiden. Mit einem untrüglichen Gespür für die Balance zwischen subtiler Andeutung und zielsicher gesetzten Schockeffekten entlarvt »die größte englische Schriftstellerin« (die Jury des Booker-Preises) die Abgründe, über denen das Leben wie ein dünner Teppich liegt.

Diese hintersinnigen, pointiert und mit lakonischem Humor erzählten Stories sind der Beweis, dass die Großmeisterin des üppigen historischen Romans in der kurzen Form – und im Hier und Jetzt – nicht weniger heimisch ist.

Hilary Mantel wurde 1952 in Glossop, England, geboren. Nach dem Jura-Studium in London war sie als Sozialarbeiterin tätig. Sie lebte fünf Jahre lang in Botswana und vier Jahre in Saudi-Arabien. Für den Roman ›Wölfe‹ (DuMont 2010) wurde sie 2009 mit dem Booker-Preis, dem wichtigsten britischen Literaturpreis, ausgezeichnet. Mit ›Falken‹ (DuMont 2013), dem zweiten Band der Tudor-Trilogie, erhielt Hilary Mantel 2012 erneut den Booker-Preis.

HILARY MANTEL

DIE ERMORDUNG MARGARET THATCHERS

Erzählungen

Aus dem Englischen
von Werner Löcher-Lawrence

DUMONT

Von Hilary Mantel sind im DuMont Buchverlag außerdem erschienen:

Wölfe
Brüder
Der riesige O'Brien
Falken
Von Geist und Geistern

November 2015
DuMont Buchverlag, Köln
Alle Rechte vorbehalten
© Tertius Enterprises Ltd. 2014
Die englische Originalausgabe erschien 2014 unter dem Titel
›The Assassination of Margaret Thatcher‹ bei Fourth Estate, London.
Die englische Originalausgabe der Erzählung ›Englisch lernen‹ erschien erstmals
2015 unter dem Titel ›The School of English‹ in The London Review of Books.
© 2014 für die deutsche Ausgabe: DuMont Buchverlag, Köln
Umschlaggestaltung: Lübbeke Naumann Thoben, Köln
Umschlagabbildung: © Handtasche Launer ›Diva‹, www.launer.com
Satz: Fagott, Ffm
Gesetzt aus der Garamond und der Poetica
Druck und Verarbeitung: CPI books GmbH, Leck
Gedruckt auf säurefreiem und chlorfrei gebleichtem Papier
Printed in Germany
ISBN 978-3-8321-6337-2

www.dumont-buchverlag.de

Inhalt

Der Besucher

In jenen Tagen klingelte es bei uns nicht oft, und wenn, dann zog ich mich in die Tiefe der Wohnung zurück. Nur wenn jemand nicht nachgeben wollte, schlich ich über die Teppiche hinweg zur Tür und sah durch den Spion. Wir waren bestens mit Riegeln und Rollläden, Schlössern und Sicherheitsketten ausgestattet, die Fenster lagen hoch und hatten Gitter. Durch den Spion sah ich einen aufgelösten Mann in einem zerknitterten, silbergrauen Anzug, gut dreißig Jahre alt und Asiat. Er war von der Tür zurückgetreten und ließ den Blick zur verschlossenen Tür gegenüber und die staubige Marmortreppe hinauf schweifen. Er befühlte seine Taschen, holte ein zerknülltes Taschentuch hervor und rieb sich damit über das Gesicht. Der Mann wirkte so angespannt, dass er sich statt Schweiß auch Tränen hätte abwischen können. Ich öffnete die Tür.

Er hob gleich die Hände, als wollte er zeigen, dass er unbewaffnet sei. Das Taschentuch fiel wie eine weiße Flagge zu Boden. »Madam!« Ich muss in dem Licht, das die gekachelten Wände mit hin- und herfahrenden Schatten überzog, entsetzlich blass ausgesehen haben. Aber dann holte er Luft, zog an seinem zerknitterten Jackett, fuhr sich mit der Hand durchs Haar und zauberte eine Visitenkarte hervor. »Muhammas Ijaz. Import/Export. Es tut mir so leid, Ihren Nachmittag zu stören. Ich habe mich verlaufen. Würden Sie mir die Benutzung Ihres Telefons gestatten?«

Ich trat zur Seite, um ihn hereinzulassen. Zweifellos lächelte ich. Angesichts dessen, was folgen sollte, muss ich annehmen, dass ich es tat. »Natürlich. Falls es heute funktioniert.«

Ich ging voraus, und er folgte mir, wobei er sich erklärte: ein wichtiges Geschäft, fast abgeschlossen, ein Besuch des Kunden sei nötig, doch die Zeit – er schob den Ärmel hoch und sah auf seine gefälschte Rolex –, die Zeit werde knapp, und die Adresse – wieder befühlte er seine Taschen – nun, das Büro sei nicht da, wo es sein sollte. Er sprach schnell ins Telefon, sein Arabisch war fließend, aggressiv, die Brauen schossen in die Höhe, und am Schluss schüttelte er den Kopf, legte auf und sah bedauernd auf den Hörer. Säuerlich lächelnd hob er den Blick. Ein schwacher Mund, dachte ich. Fast ein gut aussehender Mann, doch nein: schmal, farblos, leicht aus dem Gleichgewicht zu bringen. »Ich stehe in Ihrer Schuld, Madam«, sagte er. »Jetzt muss ich laufen.«

Ich wollte ihm anbieten … was? Das Bad zu benutzen? Sich auszuruhen? Ich hatte keine Ahnung, wie ich es formulieren sollte. Die absurden Worte »sich waschen und frisch machen« kamen mir in den Sinn, doch er war schon wieder in Richtung Tür unterwegs, obwohl ich angesichts der Art, wie der Anruf geendet hatte, annahm, dass sie ihn dort, wo er hinwollte, nicht so dringend sehen wollten wie er sie.

»Diese verrückte Stadt«, sagte er. »Ständig reißen sie die Straßen auf und verlegen sie. Es tut mir so leid, Ihre Ruhe gestört zu haben.« Vor der Tür ließ er ein weiteres Mal den Blick schweifen und sah die Treppe hinauf. »Es sind immer nur die Briten, die einem helfen.«

Er schlitterte durch den Hausflur, stemmte die Tür mit ihrem schweren Eisengitter auf und ließ einen Moment lang den dumpfen Verkehrslärm der Medina Road herein. Die Tür schwang wieder zu, er war verschwunden.

Ich schloss leise die Wohnungstür und verschmolz mit der drückenden Stille. Die Klimaanlage ratterte wie eine alte Verwandte mit einem sich lösenden Husten. Die Luft hing voller Insektenspray. Manchmal versprühte ich es im Herumgehen, worauf es sich wie heller Nebel, einem Schleier gleich, auf mich herabsenkte. Ich wandte mich wieder meinem Sprachführer und dem Kassettengerät zu. Lektion fünf: *Ich wohne in Dschidda. Ich habe heute zu tun. Gott gebe Ihnen Kraft!*

Als mein Mann nach Hause kam, erzählte ich ihm: »Es war jemand hier, der sich verlaufen hatte. Ein Pakistaner. Geschäftsmann. Ich habe ihn telefonieren lassen.«

Mein Mann schwieg. Die Klimaanlage hackte vor sich hin. Er stellte sich unter die Dusche, nachdem er die Kakerlaken vertrieben hatte. Kam wieder heraus, tropfend, nackt, legte sich aufs Bett und starrte an die Decke. Am nächsten Tag warf ich die Visitenkarte in den Abfall.

Nachmittags klingelte es wieder. Ijaz war gekommen, um sich zu entschuldigen, alles zu erklären und mir dafür zu danken, dass ich ihn gerettet hatte. Ich kochte ihm einen löslichen Kaffee, und er setzte sich und erzählte mir von sich.

Es war der Juni 1983. Ich war seit sechs Monaten in Saudi-Arabien. Mein Mann arbeitete für eine in Toronto ansässige geologische Beratungsfirma und war ans Rohstoffministerium versetzt worden. Die meisten seiner Kollegen wohnten in »Familienanlagen« unterschiedlicher Größe, aber die alleinstehenden Männer und ein kinderloses Paar wie wir mussten nehmen, was wir bekamen. Es war unsere zweite Wohnung. Der amerikanische Junggeselle, der vor uns hier gewohnt hatte, war in aller Eile an einem anderen Ort untergebracht worden. Es gab vier Wohneinheiten im Haus, über uns wohnte ein saudischer Beamter mit Frau und Baby, und die vierte Wohnung stand leer. Der pakistanische Buchhalter uns gegenüber im Erdgeschoss kümmerte sich um die persönlichen Finanzen eines Regierungsministers. Wenn unser Vorgänger, der Junggeselle, eine der beiden Hausbewohnerinnen – die eine von Kopf bis Fuß in Schwarz, die andere nur teilweise verschleiert – im Flur oder auf der Treppe angetroffen hatte, dann hatte er ihnen ein aufmunterndes »Hallo!« oder vielleicht auch ein »'n schönen Tag auch!« zugerufen.

Auf weitergehende Unverschämtheiten deutete nichts hin, doch es war eine Beschwerde eingegangen; er verschwand, und wir zogen ein. Nach saudischen Maßstäben war unsere Wohnung klein. Die Räume waren mit beigen Teppichen ausgelegt, die Wände gebrochen weiß tapeziert, mit einem feinen, fast nicht zu erkennenden Kräuselmuster. Vor den Fenstern ließen sich schwere hölzerne Rollläden herunterkurbeln, aber selbst wenn sie oben waren, musste ich die Neonröhren den ganzen Tag brennen lassen, so düster blieb es sonst. Die einzelnen Räume waren mit Doppeltüren aus dunklem Holz ausgestattet, schwer wie Sargdeckel. Man kam sich vor wie in einem Beerdigungsinstitut, umgeben von Holzmustern, und auf den Lampen ließen sich opportunistische Insekten braten.

Er habe einen Abschluss von einer Wirtschaftsschule in Miami, sagte Ijaz, und handle im Moment hauptsächlich mit Tafelwasser. Hatte er das Geschäft gestern zu einem Abschluss bringen können? Er antwortete ausweichend, offenbar war das alles ganz und gar nicht einfach. Er winkte ab, das braucht Zeit, das braucht Zeit.

Ich hatte in der neuen Stadt noch keine Freundschaften geschlossen. Das sogenannte gesellschaftliche Leben konzentrierte sich auf private Wohnungen und Häuser. Es gab keine Kinos, Theater oder Vortragssäle, und zu den wenigen Sportanlagen hatten Frauen keinen Zutritt: »Gemischte Zusammenkünfte« waren nicht erlaubt. Die Saudis gaben sich nicht mit ausländischen Arbeitern ab. Sie betrachteten sie als notwendiges Übel und sahen auf sie herab, wobei wir als hellhäutige, Englisch sprechende Ausländer noch an der Spitze der Hackordnung saßen. Andere, Ijaz zum Beispiel, gehörten zu den »Bürgern aus Drittländern«, was sie zu Opfern aller möglichen Trotzigkeiten, Beleidigungen und immer neuer Komplikationen machte. Inder und Pakistaner arbeiteten in Geschäften und Kleinunternehmen, Filipinos auf Baustellen. Thailänder reinigten die Straßen, und vor kleinen Läden saßen bärtige Jemeniten auf der Erde, das Gewand hochgezogen, die haarigen Beine vorgestreckt. Nur Zentimeter vor ihren Flip-Flops zischten die Autos vorbei.

Ich bin verheiratet, sagte Ijaz, mit einer Amerikanerin, Sie müssen sie kennenlernen. Vielleicht, sagte er, vielleicht können Sie etwas für sie tun, wissen Sie? Was ich voraussah, war bestenfalls das übliche Dschidda-Arrangement aneinandergeketteter Paare: Frauen vermochten sich in dieser Stadt nicht selbstständig zu bewegen, sie hatten keinen Führerschein, und nur die reichen verfügten über einen Fahrer. Also machten Paare ihre Besuche gemeinsam, und ich glaubte nicht, dass Ijaz und mein Mann sich anfreunden würden. Ijaz war zu unruhig und nervös. Er lachte über nichts, zog ständig an seinem Kragen, verdrehte die Füße in seinen abgetretenen Oxfords und trommelte immer wieder auf seiner falschen Rolex herum. Ständig entschuldigte er sich. Unsere Wohnung ist unten am Hafen, sagte er, mit meiner Schwägerin und meinem Bruder wohnen wir da, aber der ist gerade wieder in Miami, dafür ist meine Mutter zu Besuch, und meine amerikanische Frau ist natürlich da, mein Sohn und meine Tochter, sechs und acht Jahre alt. Er griff nach seiner Brieftasche und zeigte mir einen merkwürdig aussehenden Jungen mit einem langen, spitz zulaufenden Kopf. »Saleem.«

Als er ging, dankte er mir ein weiteres Mal, dass ich ihm getraut und ihn in meine Wohnung gelassen hätte. Er hätte ja sonst wer sein können, sagte er, aber es sei nun einmal nicht britisch, von hilfsbedürftigen Fremden schlecht zu denken. An der Tür schüttelte er mir die Hand. Das war's dann, dachte ich. Und ein Teil von mir dachte, dass es besser so wäre.

Denn man wurde ständig beobachtet: gesehen, ohne tatsächlich gesehen oder erkannt zu werden. Wenn meine pakistanische Nachbarin Yasmin zwischen unseren Wohnungen hin und her wechselte, warf sie ein Tuch über ihr gekräuseltes Haar und linste um die Ecke, um schließlich mit nervösen, ruckenden Bewegungen über den Marmor zu huschen, den Kopf von einer Seite zur anderen wendend, für den Fall, dass sich gerade in jenem Moment jemand durch die schwere Haustür drängte. Manchmal, wenn mich der Staub ärgerte, der unter der Tür hindurchwehte und sich auf dem Marmor sammelte, ging ich mit einem langen Besen hinaus. Kam dann mein saudischer Nachbar auf dem Weg zu seinem Auto aus dem ersten Stock, stieg er ohne einen Blick zu mir über den Besen und hielt den Kopf abgewandt. Er gestand mir Unsichtbarkeit zu, als Zeichen des Respekts vor der Frau eines anderen Mannes.

Ich war nicht sicher, ob Ijaz mir diesen Respekt ebenfalls zollte. Unsere Situation war unnormal und rief geradezu nach Missverständnissen: Ich hatte nachmittäglichen Besuch. Ijaz dachte wahrscheinlich, dass nur Frauen, die große Risiken eingingen, Fremde in ihre Wohnung ließen. Aber nein, ich konnte nicht sagen, was er dachte. Durch seine Zeit an der Wirtschaftsschule in Miami und überhaupt im Westen, erschien ihm mein Verhalten doch sicher eher normal als unnormal? Jetzt, da er mich kannte, redete er entspannter und machte lahme Witze, über die vor allem er selbst lachte. Aber er zappelte immer noch mit den Füßen, zupfte am Kragen und trommelte mit den Fingern. Mir war beim Abhören meiner Kassetten aufgefallen, dass seine Situation in Lektion neunzehn vorausgesehen worden war: *Ich gab meinem Fahrer die Adresse, doch als wir ankamen, stand dort kein Haus.* Ich hoffte, durch meine forsche Freundlichkeit klarzumachen, was der Wahrheit entsprach, nämlich, dass unsere Situation sehr einfach sein konnte – verspürte ich doch so wenig Anziehung zu ihm, dass es mir schon beinahe ein schlechtes Gewissen bereitete. Und genau da begann die Sache schiefzulaufen: mit meinem Gefühl, dass ich seinem Bild von den Briten gerecht werden sollte, ihn nicht zurücksetzen oder ihm meine Freundschaft versagen durfte, da er sonst hätte denken können, es liege daran, dass er Bürger eines Drittlandes sei.

Sein zweiter und sein dritter Besuch kamen ungelegen, waren fast schon ein Ärgernis. Da mir in dieser Stadt keine Wahl blieb, hatte ich mich dazu entschlossen, meine Isolation zu schätzen und zu pflegen. Ich war in jenen Tagen krank und einem strikten Medikationsregime unterworfen, das mir fürchterliche Kopfschmerzen bereitete, mich leicht taub machte und dafür sorgte, dass ich trotz allen Hungers nicht essen konnte. Die Medikamente waren teuer und mussten per Kurier aus England eingeflogen werden, was die Firma meines Mannes übernahm. Etwas davon sickerte durch, und die Frauen der Kollegen meines Mannes beschlossen, dass ich Fruchtbarkeitspillen nahm, wovon ich wiederum nichts wusste, und dieses Unwissen ließ unsere Gespräche oft sonderbar und für mein Gefühl leicht bedrohlich wirken. Warum redeten diese Frauen bei den Gelegenheiten erzwungener Firmengeselligkeit ständig über Bekannte, die Fehlgeburten gehabt hatten, aber heute springlebendige Babys in ihren Buggys umherschoben? Eine der älteren vertraute mir an, ihre Kinder seien beide adoptiert. Ich sah sie an und dachte, Himmel, woher, aus dem Zoo? Meine pakistanische Nachbarin stimmte in das Gurren über meine bald schon zu erwartende Nachkommenschaft ein – sie hatte von den Gerüchten gehört, doch ich führte ihre Andeutungen auf die Tatsache zurück, dass sie gerade selbst zum ersten Mal schwanger war und sich Gesellschaft wünschte. Ich sah sie meist morgens auf einen Kaffee und einen Schwatz und brachte sie lieber dazu, über den Islam zu reden, was mir nicht schwerfiel. Sie war eine gebildete Frau und wollte mich nur zu gern belehren. Ein Tagebucheintrag vom 6. Juni: »Habe zwei

Stunden mit meiner Nachbarin verbracht und die kulturelle Kluft zwischen uns ausgeweitet.«

Am nächsten Tag brachte mein Mann die Flugtickets und mein Ausreisevisum für unseren ersten Heimaturlaub mit, der in sieben Wochen stattfinden sollte. Donnerstag, 9. Juni: »Habe ein weißes Haar auf meinem Kopf gefunden.« Zu Hause gab es Parlamentswahlen, und wir saßen bis in die frühen Morgenstunden da und lauschten den Ergebnissen im BBC World Service. Als wir das Licht ausschalteten, hüpfte die Tochter des Lebensmittelhändlers zu den Klängen von »Lillibullero« durch meine Träume. Der Freitag war ein Feiertag, und wir schliefen ungestört, bis der Ruf zum Mittagsgebet ertönte. Der Ramadan begann. Mittwoch, 15. Juni: »*Die Twyborn-Affäre* gelesen und mich sporadisch übergeben.«

Am 16. begaben sich unsere Nachbarn von gegenüber auf eine Pilgerreise, ganz in Weiß gekleidet. Bevor sie aufbrachen, klingelten sie noch an unserer Tür: »Gibt es etwas, das wir Ihnen aus Mekka mitbringen können?« Am 19. Juni sehnte ich mich verzweifelt nach Veränderung und stellte die Möbel im Wohnzimmer um. »Keine große Verbesserung«, schreibe ich, und dass ich das Opfer »unangenehmer und zudringlicher Gedanken« sei, sage jedoch nicht, was ich dachte. Ich vermerke nur, dass mir »heiß und übel« war und ich mich »mürrisch« fühlte. Bis zum 4. Juli muss sich meine Laune gebessert haben, weil ich da beim Bügeln die *Eroica* hörte. Aber als ich am Morgen des 10. Juli als Erster aufstand, die Kaffeemaschine einschaltete und ins Wohnzimmer ging, stellte ich fest, dass die Möbel versucht hatten, sich zurück an ihre alten Orte zu rücken. Ein Sessel neigte sich nach links, als vollführte er ein angeheitertes Tänzchen. Mit der einen Seite stand er auf dem Teppich, auf der anderen ragte einer der Füße in die Luft, und mit dem zweiten balancierte er auf dem Rand eines wenig stabilen Papierkorbs. Mit offenem Mund schoss ich zurück ins Schlafzimmer. Es war das

Ramadanfest, und mein Mann döste noch vor sich hin. Ich redete auf ihn ein, und er erhob sich stumm, setzte seine Brille auf und folgte mir. In der Tür stehend, erklärte er mir ohne ein Zögern, das alles habe nichts mit ihm zu tun, und ging dann ins Bad. Ich hörte, wie er die Tür schloss, die Kakerlaken verfluchte und die Dusche aufdrehte. Später sagte ich, dass ich wohl schlafwandeln müsse. Denkst du, das ist es? Denkst du, ich habe es getan? 12. Juli: »Hatte wieder den Hinrichtungstraum.«

Das Problem war, dass Ijaz wusste, ich wäre zu Hause. Wie sollte ich irgendwo hingehen? Trotzdem ließ ich ihn eines Nachmittags im Flur stehen, während er wieder und wieder klingelte. Und das nächste Mal, als ich ihn hereinließ und er mich fragte, wo ich gewesen sei, und ich sagte: »Ah, tut mir leid, da muss ich bei meiner Nachbarin gewesen sein«, konnte ich sehen, dass er mir nicht glaubte. Er wirkte so betrübt, dass ich Mitleid mit ihm bekam. Dschidda quälte und ärgerte ihn maßlos, er vermisse, sagte er, Amerika, er vermisse seine Besuche in London und müsse bald wieder einmal hin und sich eine Auszeit nehmen. Wann flögen wir, vielleicht könnten wir uns ja treffen? Ich erklärte ihm, dass ich nicht in London wohnte, was ihn überraschte. Er schien es für ein Ausweichmanöver zu halten, so wie auch die Tatsache, dass ich nicht an die Tür gekommen war. »Ich könnte nämlich ein Ausreisevisum bekommen«, sagte er wieder. »Und wir könnten uns dort treffen. Ohne all das …« Er machte eine Geste zu den Sargdeckeltüren und dem schweren, eigensinnigen Mobiliar hin.

An dem Tag brachte er mich zum Lachen, als er mir von seiner ersten Freundin erzählte, seiner amerikanischen Freundin, deren Spitzname »Patches« war. Es fiel mir leicht, sie mir vorzustellen, wie sie ihn eines Tages, keck und sonnenbraun, damit überraschte, dass sie ihr Oberteil auszog, die nackten Brüste vor ihm schwingen ließ und seiner blassen Jungfernschaft ein Ende setzte. Der Schrecken, den er empfand, die Angst, sie zu berühren ... seine blamable Leistung ... die Erinnerung ließ ihn seine Stirn mit den Knöcheln bearbeiten. Ich nehme an, das bezauberte mich. Wie oft gesteht einem ein Mann schon solche Dinge? Später erzählte ich die Geschichte meinem Mann und hoffte, auch ihn damit zum Lachen zu bringen, doch ohne Erfolg. Oft saugte ich, um ihm zu helfen, vor seiner Rückkehr aus dem Ministerium die Kakerlaken weg. Er zog sich aus und wandte sich ab. Ich hörte das Plätschern der Dusche.

Neunzehnte Lektion: *Sind Sie verheiratet? Ja, meine Frau ist auch hier, sie steht dort in der Ecke.* Ich stellte mir die Kakerlaken vor, dunkel und im Staubsaugerbeutel mit den Beinen rudernd.

Ich ging zurück zum Esstisch, an dem ich einen humoristischen Roman schrieb. Ich tat es heimlich, verriet den Frauen der Kollegen nichts davon und gestand es mir selbst kaum ein. Im Neonlicht schriftstellerte ich dahin, bis es Zeit war, Lebensmittel einkaufen zu fahren. Man musste zwischen Sonnenuntergangsgebet und Abendgebet einkaufen. Kalkulierte man es falsch, wurde man im Laden eingesperrt oder saß draußen in der feuchten Hitze des Parkplatzes, wenn die Rollläden beim ersten Gebetsruf heruntergerissen wurden. Freiwillige des Komitees für die Mehrung von Tugend und Beseitigung des Lasters patrouillierten durch die Einkaufszentren.

Ende Juli brachte Ijaz seine Familie zum Tee mit. Mary-Beth war eine kleine Person, die unter der Haut aber geschwollen wirkte. Sie war ohne jeden Schwung, sommersprossig, matt, ein ausgeblichener, in sich zurückgezogener Rotschopf, der es offenbar nicht gewohnt war, sich zu unterhalten. Eine stumme Tochter mit Augen wie dunklen Sternen war für den Besuch in ein weißes Rüschenkleid gezwängt worden. Der spitzköpfige Saleem war sechs, hatte seinen Babyspeck verloren und bewegte sich äußerst zögerlich, als könnten seine Gliedmaßen zerbrechen. Er hatte aufmerksame Augen. Mary-Beth sah mich kaum an. Was hatte Ijaz ihr erzählt? Dass er sie zum Besuch bei einer Frau mitnahm, die in etwa so war, wie er sich auch sie wünschte? Es war ein unglücklicher Nachmittag. Ich kann ihn nur durchgestanden haben, weil ich von Vorfreude getragen wurde, waren die Taschen für unseren Heimflug doch bereits gepackt. Tags zuvor war ich, als ich ins Gästezimmer kam, wo ich meine Kleider aufbewahrte, mit einem weiteren erschreckenden Anblick konfrontiert worden. Jemand hatte die Türen des Einbauschranks, groß und massiv wie die übrigen Sargdeckel, aus den Angeln gehoben und nur unten wieder eingehängt, sodass die oberen Hälften wie die Flügel einer klapprigen Flugmaschine hin und her wackelten.

Am 1. August hoben wir bei Gewitter vom King Abdul Aziz International Airport ab, und es wurde ein unruhiger Flug. Ich war neugierig, wie Mary-Beth lebte, und hoffte, sie wiederzusehen, obwohl ein Teil von mir wünschte, dass sie und Ijaz einfach verschwanden.

Ich kehrte erst Ende November nach Dschidda zurück, nachdem ich mein Buch einem Agenten gegeben hatte. Kurz vor unserer Abreise nach London hatte ich auch meine saudische Nachbarin kennengelernt, eine junge Mutter, die einen Teilzeit-Literaturkurs an der Frauen-Universität belegt hatte. Bildung für Frauen wurde als schmückender Luxus betrachtet, als Möglichkeit für den Ehemann, mit seiner Großzügigkeit anzugeben. Munira war völlig unfähig, ihre Hausaufgaben zu machen, und so gewöhnte ich es mir an, am späten Vormittag zu ihr hinaufzugehen und sie an ihrer Stelle zu erledigen, während sie im Negligé auf dem Boden vor dem Fernseher hockte, sich ägyptische Soaps ansah und Sonnenblumenkerne aß. Wir drei Frauen wurden Vormittagsfreundinnen. So können sie mich noch besser studieren, dachte ich, dann haben sie etwas zu reden, wenn ich nicht da bin. Es war einfacher, dass

Yasmin und ich nach oben gingen, denn um nach unten zu kommen, hätte Munira sich in Schleier und Abaya hüllen müssen. Dieser heimtückische, schwebende Moment in der Öffentlichkeit des Treppenhauses, wenn ein Mann von der Straße hereinplatzen und »Hallo!« rufen mochte. Yasmin war eine zarte Frau, wie eine Prinzessin aus einer persischen Miniatur, jünger als ich, gepflegt, makellos und mit besten, zurückhaltenden Umgangsformen. Die neunzehnjährige Munira hatte dagegen etwas Derbes, Begieriges, sah aber gut aus, mit heller Haut und einer Haarmähne, die elektrisch knisterte und ein kraftvolles eigenes Leben zu führen schien. Ihr Lachen war ein heiseres Gackern. Sie und Yasmin setzten sich auf Kissen und überließen mir den Stuhl, sie bestanden darauf. Zu meiner Ehre servierten sie Nescafé, obwohl ich das örtliche schlammige Gebräu bevorzugt hätte. Ich hatte die primitive Wirkkraft von Koffein gegen Migräne schätzen gelernt und schlingerte manche Nacht schlaflos an den Wänden entlang, bis mich der morgendliche Gebetsruf ins Bett schickte, wo ich immer noch voller Grimm über Bücher nachdachte, die ich hätte schreiben können.

Ijaz klingelte am 6. Dezember an der Tür. Er war so erfreut, mich nach der langen Zeit wiederzusehen, strahlte und sagte: »Jetzt sehen Sie noch mehr wie Patches aus.« Besorgnis flammte in mir auf. Nichts, aber auch gar nichts war bisher in dieser Richtung gesagt worden. Ich sei schlanker, sagte er, und sähe gut aus – meine Medikamente waren reduziert worden, ich hatte einiges Tageslicht genossen und nahm an, dass das den Unterschied machte. Aber er sagte: »Nein, etwas an Ihnen ist anders.« Eine der Kollegenfrauen hatte das Gleiche gesagt. Sie glaubte zweifellos, dass ich endlich ein Baby in mir trug.

Ijaz folgte mir mit seinen Komplimenten ins Wohnzimmer, und ich kochte Kaffee. »Vielleicht ist es mein Buch«, sagte ich und setzte mich. »Ich habe ein Buch geschrieben, wissen Sie …« Meine Stimme versiegte. Das war nicht seine Welt. Niemand in Dschidda las Bücher. In den Geschäften konnte man alles kaufen bis auf Alkohol oder ein Bücherregal. Obwohl sie einen englischen Universitätsabschluss hatte, sagte meine Nachbarin Yasmin, sie habe seit ihrer Heirat kein Buch mehr gelesen. Sie hatte zu sehr damit zu tun, jeden Abend eine Essensparty zu veranstalten. Ich hatte einen kleinen Erfolg, erklärte ich Ijaz, oder hoffe auf einen. Ich habe einen Roman geschrieben, und er wurde von einem Agenten angenommen.

»Ein Geschichtenbuch? Für Kinder?«

»Es ist ein Buch für Erwachsene.«

»Das haben Sie in Ihrem Urlaub gemacht?«

»Nein, ich habe schon länger daran geschrieben.« Ich fühlte mich wie eine Betrügerin. Auch als ich ihn vor der Tür stehen ließ, hatte ich daran gearbeitet.

»Ihr Ehemann wird dafür bezahlen, dass es veröffentlicht wird.«

»Nein, mit etwas Glück wird jemand *mich* dafür bezahlen. Ein Verleger. Der Agent hofft, er kann es verkaufen.«

»Dieser Agent, wo haben Sie ihn kennengelernt?«

Ich konnte schlecht sagen, im *Jahrbuch für Schriftsteller & Künstler*. »In London. In seinem Büro.«

»Aber Sie wohnen doch nicht in London«, sagte Ijaz, als spielte er ein Ass aus. Er war darauf aus, eine Ungereimtheit in meiner Geschichte zu finden. »Wahrscheinlich ist er nicht gut. Er könnte versuchen, Ihr Geld zu stehlen.«

Ich begriff natürlich, dass der Begriff »Agent« in seiner Welt weitläufigere, zweifelhafte Kategorien umfasste. Aber was war mit dem »Import/Export« auf seinen Visitenkarten? Das klang für mich auch nicht gerade wie der Inbegriff von Rechtschaffenheit. Ich wollte streiten, der Hinweis auf Patches brachte mich immer noch auf. Ohne Vorwarnung schien Ijaz die Bedingungen unseres Verhältnisses geändert zu haben. »Das glaube ich nicht. Ich habe ihm kein

Geld gegeben, und seine Agentur ist bekannt.« Wo hat er sein Büro?, schnüffelte Ijaz weiter, und ich hielt dagegen und versuchte, auf meinem Standpunkt zu beharren. Aber warum dachte ich, dass die Adresse in der William IV Street eine Garantie für moralische Aufrichtigkeit war? Ijaz kannte London gut. »An der U-Bahn-Linie Charing Cross?« Er wirkte immer noch erzürnt. »In der Nähe des Trafalgar Square?«

Ijaz grunzte. »Waren Sie allein bei ihm?«

Er ließ sich nicht beschwichtigen. Ich gab ihm einen Keks. Ich erwartete nicht, dass er verstand, was ich anstrebte, doch es schien ihn zu kränken, dass ein anderer Mann in mein Leben getreten war. »Wie geht es Mary-Beth?«, fragte ich.

»Sie hat eine Nierenkrankheit.«

Ich erschrak. »Etwas Ernstes?«

Er hob die Schultern. Es war kein Achselzucken, mehr ein Winden der Gelenke, als suchte er Linderung gegen einen alten Schmerz. »Sie muss zur Behandlung zurück nach Amerika. Das macht nichts. Ich will sie sowieso loswerden.«

Ich wandte den Blick ab. Das hatte ich nicht gedacht. »Es tut mir leid, dass Sie unglücklich sind.«

»Wissen Sie, ich begreife wirklich nicht, was mit ihr nicht stimmt«, sagte er gereizt. »Sie fühlt sich ständig elend und ist immer so trübsinnig.«

»Sie wissen schon, dass das hier nicht der einfachste Ort für eine Frau zum Leben ist?«

Wusste er es tatsächlich? Verärgert sagte er: »Sie wollte einen großen Wagen, also habe ich einen gekauft. Was sonst will sie noch von mir?«

6. Dezember: »Ijaz blieb zu lange«, sagt das Tagebuch. Am nächsten Tag kam er schon wieder. So wie er von seiner Frau gesprochen und mich mit der guten alten Patches aus seinen Tagen in

Miami verglichen hatte, dachte ich nicht, dass ich ihn wiedersehen sollte. Aber er hatte einen Plan ausgeheckt und wollte nicht davon lassen. Ich sollte mit meinem Mann zu einer Dinnerparty kommen, bei ihm zu Hause, mit seiner Familie und einigen Geschäftspartnern. Davon hatte er schon vor meiner Abreise gesprochen. Ich wusste, welch großen Wert er darauf legte, und wollte ihm, wenn möglich, etwas Gutes tun. Er würde vor seinen Kunden eher als Mann von Welt dastehen, wenn er ein internationales Zusammentreffen zu arrangieren vermochte, wenn er – sagen wir es unverblümt – ein paar weiße Freunde vorzuweisen hatte. Und jetzt war es so weit. Seine Schwägerin koche bereits, sagte er. Ich wollte sie kennenlernen, ich bewunderte diese Diaspora-Asiaten, ihre polyglotten Unternehmungen und die Art, wie sie Rückschläge wegsteckten. Mich interessierte, ob sie eher westlich, östlich oder was sonst war. »Wir müssen den Transport organisieren«, sagte Ijaz. »Ich komme am Donnerstag, wenn Ihr Mann wieder hier ist. Um vier Uhr. Um ihm den Weg zu erklären.« Ich nickte. Es hatte keinen Sinn, eine Karte zu zeichnen. Vielleicht verlegten sie die Straße wieder.

Das Treffen am 8. Dezember war kein Erfolg. Ijaz kam zu spät, ohne dass es ihm bewusst zu sein schien. Mein Mann beschränkte sich auf die knappste Gastgeberhöflichkeit und setzte sich dann unverzüglich in seinen Sessel, denjenigen, den ich hatte zum Schweben bringen wollen. Sein aufmerksames Schweigen schien darauf hinzudeuten, dass er bereit war, jedweder Art von Unsinn ein Ende zu setzen, ob es um das Mobiliar, Gäste oder sonst etwas ging. Auf der Kante des Sofa sitzend, krümelte sich Ijaz sein Baklava auf den Schoß, jonglierte mit seiner Gabel und wackelte mit der Kaffeetasse. Er sagte, er müsse nach unserer Dinnerparty, fast schon am nächsten Tag, geschäftlich nach Amerika. »Ich fliege über London. Nur um mich etwas zu erholen, zur Entspannung. Drei, vier Tage.«

Mein Mann muss sich dazu aufgerafft haben, ihn zu fragen, ob er dort Freunde habe. »Einen sehr alten Freund«, sagte Ijaz und wischte die Krümel auf den Teppich. »Er wohnt am Trafalgar Square. Kennen Sie den?«

Das Herz wurde mir schwer. Es war ein körperliches Gefühl, ein Gefühl verlorener Monate, in denen ich wenig natürliches Licht abbekommen hatte. Als er ging, blieb Ijaz ewig in der Tür stehen und gab zusätzliche und noch bessere Richtungsanweisungen. Ich wusste nicht mehr, was ich sagen sollte, ging ins Bad, verjagte die Kakerlaken und kauerte mich unter das herabregnende lauwarme Wasser. In ein Handtuch gewickelt, legte ich mich aufs Bett, ohne das Licht anzumachen. Ich konnte meinen Mann hören – ich hoffte, dass er es war und nicht der Sessel, der sich durchs Wohnzimmer bewegte. Wenn ich in jenen Tagen die Augen schloss, hatte ich manchmal das Gefühl, in meinen eigenen Schädel zu blicken. Ich konnte die beiden Hälften meines Gehirns sehen. Sie waren verschlungen und hatten die Farbe von Kitt.

Die Familienwohnung unten am Hafen hing voller Kochgerüche und war mit Möbeln zugestellt. Auf jeder freien Oberfläche fanden sich Fotos, Teppiche lagen auf Teppichen. Es war ein heißer Abend, und die Klimaanlagen ächzten und hackten, spuckten Wasser und husteten lungenweise Schimmelsporen und Mehltau in die Luft. Die Tischwäsche hing schlaff herunter und war rundum mit Fransen besetzt, an denen ich unablässig herumfingerte. Sie fühlten sich wie ein Nylonfell an, wie die Ohren eines Teddybären, und sie beruhigten mich, auch wenn sie mich statisch aufzuladen schienen. Am Kopf des Tisches saß eine massige, klobige Alte mit einem mächtigen, malmenden Kiefer. Bis auf ihren mit Flitter übersäten Sari sah sie aus wie Quentin Massys' Hässliche Herzogin. Die Schwägerin war eine gescheite, spröde Person, die all ihren Bemerkungen einen sarkastischen Unterton gab. Ich begriff, warum. Ihre wissenden Blicke machten es offensichtlich, dass Ijaz von mir gesprochen und mich in ein bestimmtes Licht gestellt hatte. Falls er mich als seine nächste Frau vorschlug, bot ich offenbar wenig Verbesserung im Vergleich zur jetzigen Lösung. Ihre Verachtung fand ihren Höhepunkt, als sie sah, dass ich kaum etwas von dem vor mir stehenden Essen anrührte. Ich lächelte und nickte, machte Einwände und gab nach, knabberte an einem Petersiliensträußchen und nippte an meiner Fanta. Ich wollte ja essen, aber sie hätte genauso gut Steine auf einem Spitzendeckchen vor mich hinlegen können. Dachte Ijaz, wie die Saudis, dass westliche Ehen keine Bedeutung hatten? Dass sie aus einer Laune heraus geschlossen und in gleicher Weise wieder gelöst wurden? Nahm er an, dass mein Mann mich loswerden wollte, so wie er Mary-Beth? Aus Ijaz' Sicht lief der Abend nicht gut. Er hatte die Leiter zweier Supermärkte erwartet, erklärte er uns, wichtige Männer mit Finanzgewalt, und jetzt war das Abendgebet vorbei, der Verkehr floss wieder, entlang der Palestine Road und der Corniche schalteten die Ampeln auf Grün, von der Thumb Street bis zur Pepsi-Überführung summte die Stadt, doch wo waren sie? Schweiß troff von seinem Gesicht herab. Seine Finger stießen auf die Knöpfe des Telefons. »Okay, er hat sich verspätet? Ist er unterwegs? Kommt er jetzt?« Er knallte den Hörer auf die Gabel und starrte das Telefon an, als wartete er darauf, dass es ihm wie ein Hausvogel zutschilpte. »Die Zeit ist hier ohne jede Bedeutung«, witzelte er und zupfte an seinem Kragen. Die Schwägerin zuckte mit den Schultern und ließ die Mundwinkel sinken. Sie gönnte sich keine Pause, sondern bewegte sich in pfirsichfarbenem Chiffon luftig durch den Raum, und jedes Mal wenn sie aus der Küche kam, brachte sie ein weiteres volles Tablett mit. Außer Sichtweite heulte wahrscheinlich ein ärmliches Dienstmädchen ins schmutzige Geschirr. Die stumme Alte verdrückte einen Großteil des Essens, zog die Platten zu sich heran und arbeitete sich systematisch voran, bis das Muster des Porzellans unter ihren suchenden Fingern sichtbar wurde. Man wandte den Blick ab, und wenn man ihn wieder zu ihr gleiten ließ, war der Teller sauber. Hin und wieder klingelte das Telefon: »Okay, sie sind fast hier«, rief Ijaz. Zehn Minuten später zogen sich seine Brauen wieder zusammen. »Vielleicht haben sie sich verfahren.«

»Klar haben sie sich verfahren«, sang seine Schwägerin kichernd. Sie hatte ihren Spaß. Neunzehnte Lektion: Übersetzen Sie diese Sätze: *Solange er die Karte verkehrt herum hält, wird er das Haus niemals finden. Sie sind heute Morgen losgefahren, aber immer noch nicht angekommen.* Jeder Versuch, irgendein Ziel zu erreichen, schien ein hoffnungsloses Unterfangen zu sein, mein Lehrbuch gestand es ein. Ich lernte natürlich nicht wirklich Arabisch, dafür war ich zu ungeduldig; ich blätterte nur durch die Lektionen und suchte nach einzelnen Phrasen, die sich als nützlich erweisen könnten. Wir blieben bis sehr spät in den Abend hinein und warteten auf die Tafelwasser-Impresarios. Am Ende begleitete Ijaz uns verletzt und missmutig zur Tür. Ich hörte, wie mein Mann die nasse Luft einatmete. »Das müssen wir nie wieder tun«, tröstete ich ihn, und im Auto: »Hab Mitleid mit ihm.« Er antwortete nicht.

13. Dezember: Mein Tagebuch vermerkt, dass mich »die Dunkelheit, das Bügeln und der Geruch der Abflüsse« beklommen machen. Ich konnte meine *Eroica*-Kassette nicht länger abspielen, da sich das Band in den Innereien des Rekorders verwickelt hatte. In meinen untätigen Momenten hatte ich für die Frau in der Wohnung über uns vierzig Kapitel von *Oliver Twist* zusammengefasst. Drei Tage später war ich »schrecklich labil und rastlos« und las den Briefwechsel zwischen George Lyttleton und Rupert Hart-Davies. Gegen Ende der Woche kochte ich zusammen mit meiner Nachbarin Yasmin. Ich vermerkte »einen Nachmittag ergrauenden Schmerzes«.

Ijaz war außer Landes, und ich stellte fest, dass ich leichter atmete, wenn ich nicht mit seinem Klingeln an der Tür rechnen musste. Am 16. Dezember las ich *The Philosopher's Pupil* und besuchte meine Schülerin in der Wohnung über mir. Munira nahm meine vierzig Kapitelzusammenfassungen, blätterte in ihnen, gähnte und schaltete den Fernseher ein. »Was ist ein Arbeitshaus?« Ich versuchte ihr das englische Armengesetz zu erklären, doch ihr Blick wurde sofort glasig. Sie hatte noch nie von Armut gehört. Sie schrie nach ihrem Hausmädchen, es war ein ohrenbetäubender Schrei, und die Ärmste, eine unterjochte Indonesierin, brachte Muniras Tochter, zu meiner Unterhaltung. Es war ein schweres, ernstes Kind, das gerade zu gehen begann, oder eher zu stampfen, wobei es die Arme schwenkte und an den Möbeln Halt suchte. Mit einem Grunzen landete sie auf dem Po und zog sich am Sofa hoch. Die Kissen entglitten ihr, sie taumelte nach hinten und schlug mit dem großen Korkenzieherlockenkopf auf den Boden. Schreiend lag sie da. Munira lachte. »Ein weißer Nigger, was?« Die platte Nase hat sie nicht von mir, erklärte sie. Und auch die dicken Lippen nicht. Das ist die Familie meines Mannes, aber natürlich geben sie mir die Schuld.

2. Januar 1984: Wir gingen in einem dunklen, kleinen Restaurant unweit der Khalid bin Whalid Street essen, wo wir hinter eine Gitterabtrennung gesetzt wurden, in den »Familienbereich«. Im Hauptteil des Raums aßen Männer miteinander. Zum Essen auszugehen war mehr eine Geste als ein Vergnügen. Es ging im gestreckten Galopp durch die Speisenfolge, denn ohne Wein und die dazugehörigen Rituale gab es nichts, das den Prozess verlangsamte, und die Kellner, die sich nicht vorstellen konnten, dass Mann und Frau aus anderen Gründen als reinem Hunger gemeinsam essen wollten, bildeten sich etwas darauf ein, uns den Teller sofort nach dem letzten Bissen wegzunehmen, den nächsten vor uns hinzuknallen und uns so bald wie nur möglich zurück auf die staubige Straße zu be-

fördern. Dieses staubige, orangefarbene Gleißen, ewigwährend wie das Licht in einem schlechten Science-Fiction-Film, das ständige Fauchen und Grollen des Verkehrs; ich hatte Angst vor Verkehrsunfällen bekommen – ständig schien es irgendwo zu krachen –, und immer, wenn wir abends wegfuhren, erschienen mir die klaffenden Räume unter Brücken und Hochstraßen wie Amphitheater, in denen die Unfallopfer ihre letzten Momente flackernd in Szene setzten. Manchmal begann ich zu zittern, sobald ich die Wohnung verließ. Ich schrieb es meinen Medikamenten zu, die Dosis war wieder erhöht worden. Wenn ich die Frauen der übrigen Angestellten traf, schienen sie keine solchen Schwierigkeiten zu kennen. Sie erzählten von Planschbecken und ihrem früheren Leben in Hongkong, organisierten kleine Ausflüge auf den Suk, um Schmuck zu kaufen, und die Reifen glitten über ihre schlanken, gebräunten Arme und klackten und klingelten wie Eiswürfel in einem Glas. Am Valentinstag gingen wir zu einer Käseparty, den Wein dazu musste man sich vorstellen. Ich sprühte vor Glück, hatte ich doch einen Brief aus der William IV Street bekommen, in dem stand, dass mein Roman verkauft worden sei. Seinen Edamer mit einem Cocktailspieß durchstechend, türmte sich der Chef meines Mannes vor mir auf: »Ihr Göttergatte sagt, sie veröffentlichen ein Buch. Da wird er wohl ein bisschen was auf den Tisch legen müssen.« Ijaz, nahm ich an, war noch in Amerika. Schließlich musste er seine ehelichen Probleme klären und hatte Geschäfte zu erledigen. In meinem Tagebuch taucht er erst am 17. März wieder auf, am St. Patrick's Day. Da schreibe ich: »Ein äußerst unwillkommener Telefonanruf.« Aus Höflichkeit fragte ich, wie die Geschäfte gingen, und er wich wie immer aus. Er hatte mir etwas anderes zu sagen: »Ich bin Mary-Beth los. Sie ist weg.«

»Was ist mit den Kindern?«

»Saleem bleibt bei mir. Das Mädchen ist nicht wichtig, das kann sie haben, wenn sie will.«

»Ijaz, hören Sie, ich muss auflegen. Da ist jemand an der Tür.«
Was für eine Lüge.

»Wer ist es?«

Dachte er, ich könnte durch die Wand sehen? Einen Moment
lang war ich fürchterlich wütend und vergaß, dass draußen nur ein
Phantom stand. »Vielleicht die Nachbarin«, sagte ich kleinlaut.

»Bis bald«, sagte Ijaz.

An diesem Abend beschloss ich, dass ich es nicht länger ertrug.
Ich hatte das Gefühl, auch nicht eine einzige weitere Tasse Kaffee
mit ihm trinken zu können. Aber ich wusste nicht, wie ich der Sache ein Ende setzen sollte, und redete mich bei mir selbst heraus,
indem ich mir sagte, dass mich die Gesellschaft um mich herum
hilflos mache. Ich konnte mich nicht dazu bringen, direkt mit Ijaz
zu sprechen. Mir fehlte immer noch die Kraft, ihn vor den Kopf zu
stoßen, doch der bloße Gedanke an ihn ließ mich vor Scham er-
schaudern: Scham über meine eigene völlige Planlosigkeit, seine
ärmlichen kleinen Lügen, um sein Leben größer erscheinen zu lassen, und die Situation, in die wir gestolpert waren. Ich musste an
seine Schwägerin denken, in ihrem pfirsichfarbenen Chiffon und
mit ihren aufgeworfenen Lippen.

Als mein Mann am nächsten Tag nach Hause kam, setzte ich
mich mit ihm hin und begann ein Gespräch. Ich bat ihn, Ijaz zu
schreiben und ihn aufzufordern, nicht mehr zu mir zu kommen,
da ich Angst hätte, die Nachbarn könnten seine Besuche bemerken und falsche Schlüsse daraus ziehen, was, wie er wisse, für uns
alle gefährlich werden könne. Mein Mann ließ mich ausreden. Du
musst nicht viel erklären, bettelte ich, er wird es begreifen. Ich sollte
das selbst regeln können, aber es geht nicht, es liegt jenseits meiner Macht, zumindest scheint es so. Ich hörte meine eigene Stimme, genervt, schrill. Ich tat genau das, was ich unbedingt hatte
vermeiden wollen: verkroch mich hinter den Konventionen der

Gesellschaft und schaffte mir das Problem auf frauliche, schwache, fiese Art vom Leib.

Mein Mann durchschaute das ganz genau. Nicht dass er etwas gesagt hätte. Er stand auf, ging duschen und legte sich anschließend in die ratternde Dunkelheit. Die hölzernen Rollläden sperrten auch noch den kleinsten Spalt gleißenden Nachmittagslichts aus dem Schlafzimmer aus. Ich legte mich neben ihn. Der Ruf zum Abendgebet weckte mich aus meinem Schlummer. Mein Mann war aufgestanden, um den Brief zu schreiben. Ich erinnere mich noch an das Klacken der Schlösser, als er ihn in seinen Aktenkoffer legte.

Ich habe ihn gefragt, was er geschrieben hatte. Was immer es war, es funktionierte. Es kam nichts mehr, nicht einmal eine einsichtige Mitteilung, die unter der Tür durchgeschoben wurde, kein bedauernder Telefonanruf. Nur Schweigen. Das Tagebuch geht weiter, aber Ijaz verschwindet daraus. Ich las *Zuckermans Befreiung*, *The Present & The Past* und *The Bottle Factory Outing*. Das Postfach der Firma ging verloren, mit aller darin befindlichen eingegangenen Post. Man sollte denken, ein Postfach sei eine fest verankerte Sache und würde nicht einfach aus eigenem Willen davonwandern, und doch dauerte es etliche Tage, bis es in einem entlegenen Postamt gefunden wurde. Wenn Möbelstücke verstellt werden können, ist es mit Postfächern wohl ebenso. Wir trieben auf unseren nächsten Urlaub zu. Am 10. Mai gingen wir zur Abschiedsparty eines Flüchtlings, dessen Vertrag auslief. »Bin beim Tanzen gefallen und habe mir den Knöchel verrenkt.« Am 11. Mai, mit verbundenem Fußgelenk: »… habe *The Texas Chainsaw Massacre* gesehen«.

Ich hatte noch viel mehr Zeit in Dschidda abzudienen und verließ es erst im Frühjahr 1986 wieder. Bis dahin waren wir noch zweimal umgezogen, innerhalb der Stadt und dann in eine Anlage außerhalb, an der Autobahn. Von meinem Besucher habe ich nie wieder gehört. Die in der Wohnung an der Ecke der Al-Suror Street gefangene Frau kommt mir inzwischen beinahe wie eine Fremde vor, und ich frage mich, was sie hätte tun sollen, wie sie besser damit hätte umgehen können. Zum einen hätte sie die Medikamente in den Müll werfen sollen; heute werden sie nur noch als letzte Rettung verschrieben, da alle wissen, dass sie einen ängstlich und taub machen und einem schlecht davon wird. Und was Ijaz betrifft? Zunächst einmal hätte sie ihm nie die Tür aufmachen sollen. Vernunft ist der bessere Teil von Heldenmut, das hat sie immer gesagt. Selbst nach all der Zeit ist es schwer zu begreifen, was genau damals geschehen ist. Ich versuche alles aufzuschreiben, wie es war, stelle aber fest, dass ich die Namen ändere, um die Schuldigen zu schützen, und ich frage mich, ob mich Dschidda in gewisser Hinsicht auf ewig hat merkwürdig werden lassen, mich aus der Senkrechten gebracht und dazu verdammt hat, das Leben verzerrt zu sehen. Ich kann niemals sicher sein, dass Türen geschlossen und in den Angeln bleiben, und wenn ich nachts das Licht einschalte, weiß ich nicht, ob das Haus so ruhig ist, wie ich es zurückgelassen habe, oder ob die Möbel im Dunkeln Possen treiben.

Das Komma

Ich kann Mary Joplin vor mir sehen, wie sie mit gespreizten Beinen in den Büschen hockte und das Baumwollkleid um die Schenkel spannte. In der größten Sommerhitze (und dieser Sommer war heiß) hatte Mary einen Schnupfen, und sie rieb nachdenklich über die Spitze ihrer Himmelfahrtsnase und inspizierte die glitzernde Schneckenspur, die auf dem Handrücken zurückblieb. Bis zu den Ohren saßen wir zu zweit im kitzelnden Gras: Gras, das mit Verstreichen des Hochsommers langsam von kitzelnd zu kratzig wechselte und weiße Striche in unsere nackten Beine ritzte, die wie die Kunst eines einfachen Volksstammes aussahen.

Zwischendurch erhoben wir uns wie von unsichtbaren Fäden gezogen und näherten uns, Schneisen in das raue Gras drückend, dem Ort, von dem wir wussten, dass wir uns auf ihn zubewegten, obwohl wir wussten, dass wir es nicht sollten. Und schon gingen wir wie auf ein vorher bestimmtes Signal hin wieder in Deckung, um halb unsichtbar zu sein, für den Fall, dass Gott über die Felder sah.

Im Gras begraben, redeten wir: ich selbst einsilbig, zurückhaltend, acht Jahre alt, in schwarz-weiß karierten, zu kleinen Shorts, die mir im Vorjahr gepasst hatten; Mary mit ihren dürren Armen und Kniescheiben wie knöchernen Untertassen, ihren Beinen voller blauer Flecken, ihrem Kichern, ihrem Geplapper und ihrem Geschniefe. Unbekannte Hände, vielleicht auch ihre eigenen, hatten ein verdrehtes weißes Band um ihre Rattenschwänze gebunden. Bis zum Nachmittag war es zur Seite gerutscht, sodass ihr Kopf wie ein schlecht gepacktes Paket aussah. Mary Joplin stellte mir Fragen: »Seid ihr reich?«

Ich war verblüfft. »Ich glaube nicht. Wir sind so mittel. Seid ihr reich?«

Sie überlegte und lächelte mich an, als wären wir jetzt Genossinnen. »Wir sind auch so mittel.«

Armut, das waren nach oben gerichtete blaue Augen und eine Bettelschüssel. Ein Wohlfahrtskind. Man hätte farbige Flicken auf den Kleidern. In Märchenbüchern lebt man im Wald, unter herabhängenden Giebeln, das Dach ist aus Stroh. Wenn du deine Großmutter besuchen gehst, hast du einen Korb mit einem Flickentuch darauf bei dir. Dein Haus ist aus Lebkuchen gemacht.

Wenn ich meine Großmutter besuchen ging, hatte ich nichts dabei; ich wurde geschickt, um ihr Gesellschaft zu leisten, ohne dass ich gewusst hätte, was das bedeutete. Manchmal starrte ich die Wand an, bis Großmutter mich wieder nach Hause gehen ließ. Manchmal ließ sie mich Erbsen pulen. Manchmal musste ich ihr die Wolle halten, und sie wickelte sie auf. Sie fuhr mich an, wenn ich die Hände sinken ließ. Wenn ich sagte, ich sei müde, antwortete sie, sie wisse nicht, was das Wort bedeute. Ich werd' dir zeigen, was müde ist, sagte sie und murmelte vor sich hin: müde, der zeig' ich, wer hier müde ist, mit einer schönen Ohrfeige mach ich sie müde.

Wenn meine Hände herabsanken und meine Aufmerksamkeit nachließ, lag es daran, dass ich an Mary Joplin dachte. Ich war klug genug, ihren Namen nicht zu erwähnen, und der Druck, den das bedeutete, ließ sie in meiner Vorstellung dünn und flach werden, geschwächt, weggehungert, zu einem Schatten ihrer selbst, sodass ich nicht länger wusste, ob sie überhaupt existierte, wenn ich nicht bei ihr war. Aber wenn ich am nächsten Morgen im ersten Licht des Tages aus der Tür trat, sah ich Mary am Haus gegenüber lehnen, grinsend, sich unter dem Kleid kratzend, und dann streckte sie mir die Zunge bis zur Wurzel heraus.

Falls meine Mutter hinausblickte, würde sie Mary ebenfalls sehen – oder vielleicht auch nicht.

An jenen Nachmittagen, sirrend, schläfrig, hatte unser Dahinwandern ein verschleiertes Ziel, das Hathaway-Haus, und wir kamen ihm immer näher. Ich nannte es damals nicht so, und bis zu jenem Sommer hatte ich nicht einmal gewusst, dass es überhaupt existierte. Es schien, als hätte es in meiner mittleren Kindheit Form angenommen, als wir unsere Grenzen hinausschoben und uns ein Stück vom Zentrum des Dorfes entfernten. Mary war vor mir darauf gestoßen. Es stand allein, kein anderes Haus war an es herangebaut, und wir wussten, ohne darüber debattieren zu müssen, dass es das Haus der Reichen war. Aus Stein gebaut, mit einem vornehmen runden Turm, stand es in einem von einer Mauer umgebenen Park, aber die Mauer war nicht so hoch, dass wir nicht hätten hinüberklettern können, um uns sanft zwischen die Büsche auf der anderen Seite plumpsen zu lassen. Von dort sahen wir, dass die Rosen auf den Beeten bereits zu schweren, braunen Knollen verbrannt waren. Der Rasen war verdorrt. Hohe Fenster glitzerten in der Sonne, und auf der Seite, von der wir kamen, wand sich eine Veranda oder Loggia oder Terrasse um das Haus. Ich kannte das richtige Wort dafür nicht, und es hatte keinen Sinn, Mary danach zu fragen.

Wir liefen über das Feld, und sie verkündete fröhlich: »Mein Dad sagt, du bist ein Hohlkopf, Mary, ist dir das klar? Er sagt, so was wie dich, Schätzchen, gibt's kein zweites Mal auf der Welt. Er sagt, Mary, du kannst ein Schwein nicht von einem Baum unterscheiden.«

An jenem ersten Tag beim Hathaway-Haus, geschützt in den Tiefen der Büsche, warteten wir darauf, dass die Reichen aus den glitzernden Fenstern herauskamen, die zugleich Türen waren. Wir wollten sehen, was für Dinge sie unternahmen. Mary Joplin flüsterte mir zu: »Deine Mom weiß nich', wo du bist.«

»Nun, deine Mom auch nicht.«

Der Nachmittag schritt voran, und Mary baute sich eine Mulde oder ein Nest. Sie machte es sich unter ihrem Busch bequem. »Wenn ich gewusst hätte, dass es so langweilig wird«, sagte ich, »hätt' ich mein Buch aus der Bibliothek mitgebracht.«

Mary tat mit Grashalmen herum und summte hin und wieder. »Mein Dad sagt, reiß dich zusammen, Mary, oder du kommst in die Besserungsanstalt.«

»Was ist das?«

»Da verprügeln sie dich jeden Tag.«

»Weshalb denn?«

»Wegen gar nichts, sie tun's einfach so.«

Ich zuckte mit den Schultern. Es klang nur zu wahrscheinlich. »Wird man auch am Wochenende verprügelt oder nur an Schultagen?«

Ich fühlte mich schläfrig und war kaum an einer Antwort interessiert. »Du stellst dich hinten an«, sagte Mary, »und wenn du an die Reihe kommst …« Sie hatte einen kleinen Stock, den sie in die Erde stieß und immmer wieder im Kreis drehte. »Wenn du an die Reihe kommst, Kitty, nehmen sie einen Riesenknüppel und schlagen dich grün und blau. Sie hauen dir auf den Kopf, bis dein Gehirn rausspritzt.«

Das Gespräch versiegte: Bei mir fehlte das Interesse. Ich saß auf meinen Beinen, die bald schon zu schmerzen und sich zu verkrampfen begannen. Gereizt wechselte ich die Haltung und nickte zum Haus hinüber. »Wie lange müssen wir hier noch warten?«

Mary summte und grub mit ihrem Stock in der Erde.

»Nimm die Beine zusammen, Mary«, sagte ich. »Es ist unanständig, so zu sitzen.«

»Hör zu«, sagte sie. »Ich war zu einer Zeit hier, wenn ein Kind wie du schon lange im Bett liegt. Ich hab gesehen, was sie in dem Haus haben.«

Ich war wieder hellwach. »Was haben sie denn?«

»Etwas, wofür es keinen Namen gibt«, sagte Mary Joplin.

»Was soll das sein?«

»Es ist in 'ne Decke gewickelt.«

»Ist es ein Tier?«

Mary johlte. »Ein Tier, sagt sie. Ein Tier, was in 'ne Decke gewickelt ist?«

»Man könnte einen Hund in eine Decke wickeln. Wenn er krank wäre.« Ich spürte die Wahrheit meiner Worte. Ich würde darauf bestehen. Mein Gesicht wurde ganz heiß.

»Es ist kein Hund, nein, nein, nein.« Marys Stimme trödelte, wollte mir das Geheimnis nicht verraten. »Weil's Arme hat.«

»Dann ist es ein Mensch.«

»Aber es hat keine menschliche Form.«

Ich verzweifelte. »Was für eine Form hat es denn?«

Mary überlegte. »Wie ein Komma«, sagte sie. »Ein Komma, weißt du, wie in Büchern?«

Danach ließ sie sich nichts mehr entlocken. »Du musst einfach nur warten«, sagte sie, »wenn du's sehen willst, wenn du's ehrlich willst, dann wartest du auch, und wenn du's nicht ehrlich willst, dann kannste dich trollen und verpasst es, und ich seh's ganz alleine.«

Nach einer Weile sagte ich: »Ich kann hier nicht den ganzen Abend lang auf ein Komma warten. Ich war schon zu Kaffee und Kuchen nicht da.«

»Das stört doch keinen«, sagte Mary.

Sie hatte recht. Ich schlich mich spät zurück, und keiner sagte etwas. Es war ein Sommer, der den Erwachsenen bis Ende Juli ihre

Rollen aus den Köpfen gebleicht hatte. Wenn meine Mutter mich sah, wurde ihr Blick ganz glasig, als wäre ich nichts als eine zusätzliche Mühe. Und wenn du dich mit Johannisbeersaft bekleckertest, dann liefst du eben mit den klebrigen Flecken herum. Die Füße schmutzig, das Gesicht verschmiert, lebtest du im Unterholz und im langen Gras, und jeden Tag füllte eine Sonne wie von einem Kind gemalt den Himmel mit weißer Hitze. Das Licht reichte bis tief in den Abend und endete mit Tau und einer knappen Dämmerung. Wenn du endlich nach drinnen gerufen wurdest, setztest du dich unter die Lampe und zupftest die sonnenverbrannte Haut in Kräuseln und Streifen herunter. Tief in deinen Gliedern rührte ein dumpfes Gefühl von Gebratenwerden, aber dass du dich schältest wie ein Stück Gemüse, spürtest du nicht. Warst du müde, wurdest du ins Bett geschickt, doch die Wärme der Bettwäsche ärgerte deine Haut, und du wachtest wieder auf. So lagst du da und fuhrst mit den Fingernägeln über die Insektenstiche. Irgendetwas hatte dich gestochen, als du im langen Gras auf den richtigen Moment gewartet hattest, um über die Mauer zu klettern, und später noch einmal, vielleicht beim Warten und Spionieren in den Büschen. Die ganze kurze Nacht durch schlug dein Herz aufgeregt, und erst, als es langsam hell wurde, gab es etwas Kühle, und die Luft war klar wie Wasser.

Und in diesem klaren Morgenlicht schlendertest du in die Küche und sagtest wie nebenhin: »Wisst ihr, da ist ein Haus, oben hinter dem Friedhof, wo die reichen Leute leben? Die haben auch Gewächshäuser.«

Meine Tante war gerade in der Küche. Sie schüttete Cornflakes auf einen Teller, und als sie aufsah, rutschten ein paar über den Rand. Sie warf meiner Mutter einen Blick zu, und die beiden tauschten irgendeine geheime Botschaft aus, durch das Zucken eines Augenlids, das Verziehen eines Mundwinkels. »Sie meint die Hathaways«, sagte meine Mutter. »Sprich nicht darüber.« Sie klang fast schmeichelnd. »Das ist schon schlimm genug, ohne dass kleine Mädchen drüber reden.«

»Was ist schl–«, fragte ich, als meine Mutter wie ein Schneidbrenner aufflammte: »Hast du dich etwa dort herumgetrieben? Ich hoffe nur, du warst nicht mit Mary Joplin dort. Denn wenn du mit Mary Joplin spielst, ziehe ich dir die Haut bei lebendigem Leibe ab. Da kannst du mich beim Wort nehmen.«

»Ich geh da nicht mit Mary hin«, log ich fließend und schnell. »Mary ist krank.«

»Was hat sie?«

Ich sagte das Erste, das mir einfiel. »Borkenflechte.«

Meine Tante schnaubte vor Lachen.

»Krätze, Nissen, Läuse, Flöhe.« Es lag Genuss in dieser kleinen Aufzählung.

»Nichts davon würde mich im Geringsten überraschen«, sagte meine Tante. »Mich würde höchstens überraschen, wenn Sheila Joplin das kleine Flittchen auch nur einen Tag ihres Lebens bei sich zu Hause behielte. Ich sage dir, die leben wie die Tiere. Sie haben kein Bettzeug, weißt du?«

»Tiere verlassen wenigstens irgendwann das Nest«, sagte meine Mom. »Die Joplins nicht. Die werden nur immer mehr, leben auf einem Haufen und wühlen wie die Schweine in der Erde.«

»Kämpfen Schweine?«, fragte ich, doch sie ignorierten mich. Sie spielten sich einen berühmten Vorfall aus der Zeit vor meiner Geburt vor: Eine Frau hatte Mrs Joplin aus Mitleid eine große Schüssel Eintopf gebracht, und Mrs Joplin hatte, statt das Geschenk zivilisiert abzulehnen, hineingespuckt.

Meine Tante spielte mit rotem Gesicht den Schmerz der Frau mit dem Eintopf nach, und die Geschichte klang so frisch, als hätte sie sie noch nie erzählt. Meine Mutter stimmte mit ein und intonierte mit sterbender Stimme die Worte, die das Ende der Geschichte darstellten: »Und so verdarb sie der armen Seele, die den Eintopf gekocht hatte, die gute Tat und allen anderen, die den Eintopf vielleicht an ihrer Stelle hätten essen wollen, den Appetit.«

Amen. Nach diesem Schlusssatz schlüpfte ich davon. Mary stand, wie durch das Kippen eines Schalters dorthin befördert, auf dem Bürgersteig, betrachtete den Himmel und wartete auf mich.

»Hast du gefrühstückt?«, fragte sie.

»Nein.«

Sie zurückzufragen wäre unsinnig gewesen. »Ich habe Geld für Toffees«, sagte ich.

Hätte die Geschichte von Sheila Joplin und dem Eintopf nicht eine derart hartnäckige Langlebigkeit bewiesen, hätte ich später im Leben wohl irgendwann gedacht, Mary sei eine kindliche Einbildung von mir gewesen. Aber im Dorf erzählen sie die Geschichte noch heute und lachen darüber. Sie hat sich von der ursprünglichen Entrüstung gelöst. Wie gut, dass die Zeit das für uns tut. Uns mit Gnade besprenkelt wie mit Feenstaub.

Ich hatte mich in der Küchentür an diesem Morgen noch einmal umgedreht. »Mary hat Würmer«, sagte ich. »Kleine weiße Maden.«

Meine Tante schrie vor Lachen.

Der August kam, und ich erinnere mich an die leeren Kaminroste, den Teer, der auf der Straße kochte, und die glasigen gelben Fliegenfänger, die im Fenster des Eckladens hingen, schwer mit Beute beladen. Jeden Nachmittag donnerte es in der Ferne, und meine Mutter sagte, morgen bricht er ein, als wäre der Sommer eine gesprungene Schüssel, unter der wir saßen. Aber er brach nicht ein. Hitzetrunkene Tauben taumelten über die Straße. Meine Mutter und meine Tante behaupteten: »Tee kühlt dich ab«, was offenbar nicht stimmte, doch sie tranken ihn in ihrem heillosen Glauben gleich literweise. »Er ist mein einziges Vergnügen«, sagte meine Mutter. Sie räkelten sich in ihren Liegestühlen, die weißen Beine von sich gestreckt. Ihre Zigaretten hielten sie wie Männer in den Fäusten, und der Rauch strich ihnen zwischen den Fingern hindurch. Niemand merkte, wann du kamst oder gingst. Zu essen brauchtest du nichts, du holtest dir ein Eis aus dem Laden, wo der Motor der Kühltruhe greinte.

Ich erinnere mich nicht mehr, wo ich mit Mary Joplin im Einzelnen herumlief, aber gegen fünf Uhr kamen wir immer, welche Wege wir auch genommen hatten, am Hathaway-Haus an. Ich weiß noch, wie es sich anfühlte, wenn ich die Stirn auf die kalten Steine der Mauer legte, bevor wir auf die andere Seite kletterten. Ich erinnere mich an die kleinen Steinchen in meinen Sandalen und daran, wie ich sie ausleerte, aber schon waren sie wieder da, in meine Fußsohlen gedrückt. Ich erinnere mich an die ledrige Textur der Blätter des Gebüschs, in das wir uns gruben, und daran, wie ihre verschlungenen Finger sanft mein Gesicht erkundeten. Marys Vorträge summten mir in den Ohren: Und mein Dad sagt, und meine Mom sagt … In der Dämmerung, versprach sie, im abendlichen Zwielicht würde sich das, wie sie schwor, menschliche Komma zeigen.

Wann immer ich in diesem Sommer ein Buch zu lesen versuchte, verschwamm mir die Schrift vor den Augen. Meine Gedanken schossen hinaus über die Felder und umhüllten Marys Gestalt, ihren grinsenden Mund, ihr schmutziges Gesicht, die Bluse, die ihr über die Brust hochrutschte und ihre gesprenkelten Rippen sehen ließ. Sie erschien mir voller Schatten, entblößt an Stellen, wo sie es nicht sein sollte, doch dann wieder zog sie plötzlich die Ärmel herunter, scheute vor einer Berührung zurück und schmollte, weil man sie mit dem Ellbogen gestoßen hatte; zuckte zusammen. Immer wieder erzählte sie lang und breit von den Schicksalen, die einen befallen konnten, sprach von Schlägen, Verdrehungen, Auspeitschungen. Ich konnte währenddessen nur an das Ding denken, das sie mir zeigen würde. Daneben bereitete ich mich auf meine Verteidigung vor, meine Verteidigung für den Fall, dass ich gesehen würde, wie ich über die Felder lief. Ich habe da draußen Satzzeichen gesetzt, würde ich sagen. Ich habe Satzzeichen gesetzt und nach einem Komma gesucht. Ganz allein und überhaupt nicht mit Mary Joplin.

Ich muss also lange dort geblieben sein, im Gebüsch vergraben, denn ich war ganz schläfrig und nickte ein. Mary stieß mich mit dem Ellbogen an. Ich fuhr auf, mein Mund war trocken, und ich hätte laut aufgeschrien, hätte Mary mir nicht die Hand auf den Mund geklatscht. »Da, guck.« Die Sonne stand tief, die Luft war mild. Hinter den hohen Fenstern des Hauses war ein Licht eingeschaltet worden. Eines der Fenster öffnete sich, und wir sahen zu: erst die eine Hälfte des Fensters, eine Pause, dann die andere. Etwas erschien in unserem Blickfeld: ein langer Stuhl auf Rädern, eine Dame schob ihn. Er bewegte sich leicht über die Steinplatten, und es war die Dame, die meine Aufmerksamkeit auf sich zog. Was auf dem Stuhl lag, schien nichts als ein dunkler, verschleierter Umriss zu sein, und mein Blick wurde vom frischen, blumenbedruckten Kleid der Frau angezogen, von der strengen, dauergewellten Form ihres Kopfes. Wie waren nicht nahe genug, um sie riechen zu können, doch ich stellte mir vor, dass sie einen Duft trug, ein Eau de Cologne. Das Licht aus dem Haus schien um sie herum zu tanzen, heiter, bis hinaus auf die Terrasse. Ihr Mund bewegte sich – sie sprach, lächelnd, zu dem unbeweglichen Bündel, das sie schob. Sie stellte den Stuhl ab und richtete ihn sorgsam aus, als wäre da eine Markierung, die sie kannte. Sie sah sich um, wandte die Wangen ins milde, untergehende Licht und beugte sich schließlich vor, um eine weitere Schicht über den Kopf des Bündels zu legen, eine Decke oder einen Schal; bei diesem Wetter?

»Siehst du, wie sie es einwickelt?«, flüsterte Mary mir tonlos zu.

Ich sah es, sah auch den Ausdruck auf Marys Gesicht, der gierig und verloren war, beides gleichzeitig. Mit einer letzten streichenden Bewegung über die Decken drehte sich die Frau um, und wir hörten das Klacken ihrer Absätze auf den Steinplatten, als sie zur Terrassentür hinüberging, um sich im Licht drinnen aufzulösen.

»Versuch mal, hineinzusehen. Spring hoch«, drängte ich Mary. Sie war größer als ich. Sie sprang, einmal, zweimal, dreimal, und ließ ein leises Ächzen hören, wenn sie wieder aufkam. Wir wollten wissen, was im Haus vor sich ging. Mary blieb schwankend stehen und sackte zurück auf die Knie. Wir würden uns mit dem zufriedengeben, was wir bekamen; wir studierten das Bündel, das da zur Besichtigung freigegeben war. Unter den Decken schien sich seine Gestalt zu kräuseln, der Schal bedeckte einen riesigen, herabhängenden Kopf. Es ist wirklich wie ein Komma, sie hat recht: der hingegossene Körper, der schlaff daliegende Kopf.

»Mach ein Geräusch«, sagte ich.

»Ich trau mich nicht.«

Also war ich es, die aus der Sicherheit der Büsche wie ein Hund kläffte. Ich sah, wie der baumelnde Kopf sich drehte, konnte aber kein Gesicht erkennen, und im nächsten Moment flatterten die Schatten auf der Terrasse, und die Frau mit dem Blumenkleid trat zwischen den in großen Porzellantöpfen wachsenden Farnen hervor, beschattete die Augen mit der Hand und sah direkt zu uns herüber, ohne uns jedoch zu entdecken. Sie beugte sich tief über das Bündel, den langen Kokon, und sagte etwas; sie hob den Blick, wie um den Winkel der untergehenden Sonne zu bestimmen; sie trat zurück, legte die Hände auf die Griffe des Gefährts und manövrierte es mit einer zarten Schaukelbewegung etwas weiter zurück in eine neue Position, sodass das Gesicht des Kommas in der letzten Wärme ruhte; gleichzeitig beugte sie sich erneut vor und zog, während sie etwas flüsterte, den Schal zurück.

Und wir sahen ... nichts. Wir sahen etwas, das noch nicht zu etwas geworden war. Etwas ... kein Gesicht, aber vielleicht, dachte ich, als ich später darüber nachdachte, vielleicht die Verhandlungsposition für ein Gesicht, vielleicht die vage entwickelte Vorstellung eines Gesichts, wie Gott sie bei unserer Erschaffung zunächst gehabt haben mochte. Wir sahen eine Leere, eine Sphäre ohne Züge, ohne Bedeutung, deren Fleisch von den Knochen zu fließen schien. Ich schlug die Hand vor den Mund und duckte mich schrumpfend auf die Knie. »Still, du.« Marys Faust schlug nach mir und traf mich schmerzhaft. Tränen, ausgelöst durch den Schlag, schossen mir in die Augen.

Aber als ich sie weggewischt hatte, erhob ich mich, die Neugier wie einen Haken im Bauch, und sah, dass das Komma allein auf der Terrasse war. Die Frau war zurück ins Haus gegangen. Ich flüsterte Mary zu: »Kann es sprechen?« Ich begriff, ich begriff jetzt völlig, was meine Mutter gemeint hatte, als sie sagte, es sei bei den Reichen auch so schon schlimm genug. Eine solche Kreatur bei sich zu beherbergen! Zu einem Komma lieb zu sein, es in Decken zu hüllen ... Mary sagte: »Ich werfe einen Stein drauf, dann sehen wir, ob es sprechen kann.«

Sie schob die Hand in die Tasche und holte einen großen, glatten Kiesel heraus, wie frisch vom Meeresufer, vom Strand. Den konnte sie hier nicht gefunden haben, offenbar war sie vorbereitet. Ich möchte gern denken, dass ich eine Hand auf ihren Arm legte, dass ich sagte: »Mary ...« Aber vielleicht war es auch nicht so. Sie erhob sich aus ihrem Versteck, ließ einen Schrei hören und schickte den Kiesel los. Ihr Wurf war gut, fast hätte er sein Ziel getroffen. Wir hörten den Kiesel vom Rahmen des Stuhls abprallen und gleich darauf einen leisen Schrei, nicht wie der einer menschlichen Stimme, sondern anders.

»Ein Superwurf«, sagte Mary und stand einen Moment lang strahlend da. Dann duckte sie sich wieder und sackte raschelnd neben mich. Schon rissen und zersplitterten die abendlich ruhigen Umrisse der Terrasse. Die Frau kam herausgelaufen und brach durch die großbogigen Schatten, die vom Garten auf das Haus geworfen wurden, die Schatten von Toren und Spalieren, den Rosenlauben mit ihren vertrockneten Blüten. Die dunklen Blumen auf ihrem Kleid hatten jetzt die Blätter abgeworfen und in den Abend geblutet. Sie rannte die paar Schritte zum Rollstuhl, hielt einen winzigen Moment lang inne, die zitternde Hand über dem Kopf des Kommas, und schon fuhr sie zum Haus herum und brüllte mit barscher Stimme: »Bringt eine Taschenlampe!« Die Barschheit aus dieser Kehle, die, wie ich gedacht hatte, wie eine Taube gurren würde, erschreckte mich. Doch schon drehte sie sich wieder, und das Letzte, was ich sah, bevor wir davonrannten, war, wie sie sich über das Komma beugte und den Schal ganz zart um den klagenden Kopf legte.

Im September erschien Mary nicht in der Schule. Ich hatte erwartet, in ihre Klasse zu kommen, weil ich versetzt worden war und sie zwar schon zehn war, aber, wie jeder wusste, Jahr um Jahr sitzenblieb. Zu Hause fragte ich nicht nach ihr, denn jetzt, wo die Sonne ihren Winterbahnen zustrebte, wurde ich mir meiner Haut bewusst und begriff, wie weh es tun würde, sie abgezogen zu bekommen, und meine Mutter war eine Frau, die, wie sie gesagt hatte, Wort hielt. Aber wenigstens kümmern sie sich um dich, dachte ich, wenn deine Haut runter ist. Dann hüllen sie dich in Decken, schieben dich auf eine Terrasse, reden sanft mit dir und drehen dich ins Licht. Ich musste an die Gier in Marys Gesicht denken und verstand sie zum Teil, aber nur zum Teil. Wenn du deine Zeit mit dem Versuch verbringst zu verstehen, was sich ereignet hat, als du acht gewesen bist und Mary Joplin zehn, verschwendest du deine produktiven Jahre mit dem Flechten von Stacheldraht.

Ein großes Mädchen sagte mir in jenem Herbst: »Sie ist auf eine andere Schule gewechselt.«

»Eine Besserungsanstalt?«

»Was?«

»Ist es eine Besserungsanstalt?«

»Nee, sie ist auf der Doofenschule.« Das Mädchen ließ die Zunge aus dem Mund hängen und bewegte sie sabbernd hin und her. »Verstehst du?«

»Verprügeln die sie da jeden Tag?«

Das große Mädchen grinste. »Wenn sie Lust dazu haben … Aber den Kopf werden sie ihr kahlgeschoren haben. Der war ja völlig verlaust.«

Ich griff mir ins Haar und spürte sein Fehlen, die Kühle, und ein Wispern im Ohr wie das Wispern von Wolle. Einen Schal um meinen Kopf, weich wie ein Lamm: ein Vergessen.

Es muss fünfundzwanzig Jahre her gewesen sein, vielleicht auch dreißig. Ich denke nicht so oft zurück; würden Sie? Ich sah sie auf der Straße. Sie schob einen Buggy vor sich her, nicht mit einem Baby, sondern mit einer großen Tasche darin, aus der schmutzige Wäsche quoll, ein Babyhemd mit Spuren von Erbrochenem, der hervorkriechende Ärmel eines Trainingsanzugs, die Ecke eines verdreckten Lakens. So ein Anblick erfreut das Auge, dachte ich sofort, eine von denen auf dem Weg zum Waschsalon! Das muss ich Mum erzählen, dachte ich. Damit sie sagen kann, Wunder gibt es immer wieder.

Aber ich konnte nicht anders. Ich lief ihr hinterher und sagte: »Mary Joplin?«

Sie zog den Buggy an sich heran, als wollte sie ihn schützen, bevor sie sich umsah: sie drehte nur den Kopf und warf einen Blick über die Schulter, argwöhnisch. Ihr Gesicht war unbestimmt geworden, wie Wachs, als wartete es darauf, durch etwas Druck und Modellieren in Form gebracht zu werden. Du musst sie gut gekannt haben, dachte ich, um sie heute noch zu erkennen, Stunden musst du mit ihr verbracht und sie aus den Augenwinkeln beobachtet haben. Ihre Haut schien lose herabzuhängen, und in ihren Augen war kaum etwas zu lesen. Vielleicht erwartete ich etwas, eine Pause, einen Gedankenstrich, eine Leerstelle, auf die eine Frage folgen mochte … Bist du das, Kitty? Sie beugte sich über ihren Buggy und rückte die Wäsche mit einem Klopfen zurecht, als wollte sie sich ihrer versichern. Dann sah sie mich wieder an und gab mir eine knappe Bestätigung: ein einzelnes Nicken, einen Punkt.

Long-QT

Er war fünfundvierzig, als seine Ehe an einem linden Herbsttag, dem letzten mit Grillwetter, definitiv endete. Nichts, was an diesem Tag geschehen sollte, hatte er geplant, nichts davon war seine Absicht gewesen, obwohl sich später erkennen ließ, dass alle Elemente der Katastrophe perfekt arrangiert waren. Vor allem stand Lorraine perfekt arrangiert vor dem riesigen amerikanischen Kühlschrank und strich mit einem lackierten Fingernagel über den gebürsteten Stahl seiner Türen. »Setzt du dich manchmal da rein?«, fragte sie. »Ich meine, an einem wirklich heißen Tag?«

»Das wäre nicht sicher«, sagte er. »Die Tür könnte zuschlagen.«

»Jodie würde dich vermissen. Sie würde dich wieder rauslassen.«

»Jodie würde mich nicht vermissen.« Er verstand es erst, als er es aussprach. »Im Übrigen«, sagte er, »war es bisher sowieso nicht so heiß«, sagte er.

»Nein?«, sagte sie. »Schade.« Sie reckte sich in die Höhe und küsste ihn auf den Mund. Ihr Weinglas hielt sie noch in der Hand, und er spürte, wie es ihm kühl und feucht über den Nacken rollte und das Rückgrat hinunterstrich. Er nahm sie und drückte sie an sich: eine Bewegung umfänglicher Dankbarkeit, beide Hände auf ihrem Hintern. Sie murmelte etwas, streckte einen Arm aus, um das Glas abzustellen, und schenkte ihm ihre ganze Aufmerksamkeit, mit weit offenem Mund.

Er hatte immer gewusst, dass sie verfügbar war. Nur hatte er sie nie allein angetroffen, an einem warmen Nachmittag, mit gerötetem Gesicht, drei Gläser Vinho verde von völliger Nüchternheit entfernt. Nie allein, denn Lorraine gehörte zu der Art Frau, die immer mit anderen Frauen zusammengluckte. Sie war rundlich, nett, nicht ganz das Niveau des Viertels und sympathisch. Sie sagte spaßige Dinge wie: »Es ist so traurig, nach einer Quiche benannt zu sein«, und sie roch köstlich, nach Küchendingen wie Pflaumen und Vanille und nach Schokolade.

Er ließ sie los und hörte ihre winzigen Absätze auf den Boden klacken, als er sie absetzte. »Was für ein kleines Püppchen du bist«, sagte er und richtete sich zu seiner vollen Größe auf. Er konnte sich die Miene vorstellen, mit der er auf sie hinabsah: wissend, zärtlich, amüsiert, er erkannte sich kaum wieder. Ihre Augen waren immer noch geschlossen. Sie wartete darauf, dass er sie noch einmal küsste. Dieses Mal hielt er sie eleganter, die Hände auf ihren Hüften, sie auf Zehenspitzen, ihre Zungen spielten miteinander. Ganz ruhig und locker, dachte er. Keine Eile. Doch dann fuhr seine Hand ungestüm über ihren Rücken, als hätte sie einen eigenen Willen. Er tastete nach ihrem Büstenhalter, doch eine Drehung, ein Zucken sagte ihm, nicht jetzt, nicht hier. Aber wo? Sie konnten sich kaum durch die Menge der Gäste schieben und gemeinsam nach oben gehen.

Er wusste, dass Jodie im Haus herumgeisterte. Er wusste – das gestand er sich später ein –, dass sie jeden Moment hereingestolpert kommen konnte. Sie mochte keine Partys, bei denen die Türen offen standen und die Gäste zwischen Haus und Garten hin und her wechselten. Fremde konnten hereinkommen und Wespen. Es war zu leicht, auf der Schwelle zu stehen, mit einer brennenden Zigarette, im Gespräch, weder drinnen noch draußen. Man konnte beklaut werden, während man dabeistand. Gläser einsammelnd, drängte sich Jodie durch die Gruppen ihrer Gäste, die lachten und Handys herumreichten, ihrer Gäste, die, Himmel noch mal, versuchten, sich zu entspannen und den Abend zu genießen.

Die Leute taten ihr den Gefallen, leerten die Gläser und überließen sie ihr. Falls nicht, sagte sie: »Entschuldigt, kann ich die mitnehmen?« Manchmal bauten sie kleine Cocktailgläsertürme für sie, um zu helfen, und sagten: »Hier, für dich, Jodie.« Sie lächelten ihr nachsichtig zu und wussten, es war ihr Hobby. Man sah sie in ihrer eigenen kleinen Welt, wie sie allen den Rücken zukehrte und die Spülmaschine belud. Es war durchaus schon vorgekommen, dass sie noch vor Ablauf einer Stunde ihre erste Runde drehte. Irgendwann nach Einbruch der Dämmerung wurden die Frauen rührselig, begannen die Männer anzugeben, zeigten sich angriffslustig, und es kam zu kleinen Zankereien über Privatschulen, Baumwurzeln und Parkausweise. Je weniger Glas dann herumsteht, sagte sie, desto besser. Du tust ja so, als gingen sich unsere Gäste an den Kragen wie in einer Kneipe, sagte er. Himmel noch mal, Frau, sagte er, stell das Wespenspray weg.

An all das dachte er, als er Lorraine anknabberte. Sie hätschelte ihn und knöpfte sein Hemd auf, fuhr mit der Hand über seine warme Brust und legte sie auf sein Herz. Sollte Jodie jetzt hereinkommen, würde er sie ganz ruhig bitten, keine Szene zu machen, tief Luft zu holen und französisch damit umzugehen. Und wenn die Leute gegangen waren, würde er es aussprechen: dass es an der Zeit war, dass sie die Zügel lockerte. Er war ein Mann auf der Höhe seines Erfolgs, und dafür stand ihm etwas zu. Allein durch seine beruflichen Anstrengungen führten sie ein Leben mit maßgefertigter Küche. Er verdiente Summen, die erheblich über dem lagen, was sie erwarten konnte, und allein durch seine Cleverness waren sie so gut wie rezessionssicher: Wer in ihrem Umfeld konnte das schon sagen? Und schließlich war er bereit, fair zu sein. »Das ist keine Einbahnstraße«, wollte er ihr sagen. Sie war so frei in ihren Handlungen wie er. Vielleicht wünschte sie sich ja auch selbst ein Abenteuer. Wenn sie es dazu brachte.

Er senkte den Kopf, um Lorraine ins Ohr zu flüstern: »Wann werden wir miteinander vögeln?«

Sie sagte: »Wie wäre es Dienstag in einer Woche?«

In diesem Augenblick kam seine Frau herein und blieb in der Tür stehen. Ihre nackten Arme waren kraftlose Äste, die Gläser Früchte, die an ihren Fingern hingen. Lorraine atmete heiß auf seine Brust, doch sie musste gespürt haben, wie er sich verkrampfte. Sie versuchte sich von ihm zu lösen und murmelte: »Oh, Scheiße, es ist Jodie, spring in den Kühlschrank.« Aber er wollte sie nicht loslassen, hielt sie bei den Ellbogen und starrte einen Moment lang über Lorraines duftigen Kopf zu seiner Frau hinüber. Jodie bewegte sich ein, zwei Schritte in die Küche herein, blieb stehen, den Blick auf die beiden gerichtet, und schien zu erstarren. Ein leises Geläut hing in der Luft, während die Gläser in ihren Händen zitterten. Sie sprach nicht. Ihr Mund schien Worte zu formen, doch es kam nur ein Kieksen heraus.

Dann öffneten sich ihre Hände. Der Boden war aus Kalkstein, und die Gläser explodierten. Das Bersten, der Schrei der anderen Frau und das splitternde Licht zu ihren Füßen: Der Schreck schien Jodie zu einer Reaktion zu bringen. Sie ließ ein leises Ächzen hören, gefolgt von einem Keuchen, und legte ihre rechte, jetzt leere Hand auf die schieferne Arbeitsfläche; dann sank sie auf die Knie. »Vorsicht!«, sagte er. Sie sank so sanft in die Scherben, als wären sie aus Satin, aus Schnee, und der Kalkstein schimmerte um sie herum, ein Eisfeld, jede Fliese mit einem eigenen Kissenrand, jedes Schattenmuster zart wie ein Hauch.

Sie schnaubte, schien benommen, erschüttert, als hätte sie mit ihrem Kopf einen Spiegel zertrümmert. Jodie streckte die linke Hand aus, und die Hand blutete, war ein sprudelnder Quell, der seine blutigen Bäche über ihr Handgelenk fächerte. Sie betrachtete die Hand, fast wie nebenhin, und ließ ein würgendes Geräusch hören. Sie ließ sich elegant auf die Fersen sinken. Sie fiel zur Seite, mit offenem Mund.

Er ging durch die Scherben zu ihr, zertrat das Glas wie Eis. Er dachte, dass das jetzt die Gelegenheit war, sie zu schlagen, dass sie das alles tat, um ihm Angst zu machen, doch ihr Arm war schlaff und schwer, als er ihn anhob, und als er rief, Himmel noch mal, Jodie, zuckte sie mit keiner Wimper, und als er ihren Kopf brutal herumriss, um ihr ins Gesicht zu sehen, war ihr Blick schon glasig geworden.

So schien es ihm später, als die Geschehnisse des Abends noch einmal durchgespielt werden mussten. Er wollte sich an der Schulter der Sanitäter ausweinen, wollte sagen, es war nur aus Neugier und einer leichten Lust, aus einem kindlichen Ungehorsam heraus, und weil ich einfach nur zugreifen musste, verstehen Sie, was ich meine? Er sagte, ich wollte sie bitten, französisch damit umzugehen. Wahrscheinlich hätte sie es nicht getan, aber ich habe doch nicht gedacht, dass sie einfach so umfallen würde ... Ich meine, wie hätte man sich das denken sollen? Wie hätte man sich das vorstellen können? Sich hinzuknien, sich so ins Glas zu knien.

Die ersten ein, zwei Tage lang vermochte er nicht schlüssig zu denken, aber niemand war an seinem Geisteszustand interessiert, nicht so, wie sie es gewesen wären, hätten sie ihn eingesperrt, weil er seine Frau auf eine offensichtlichere Weise umgebracht hatte. Ein Arzt erklärte es ihm, als sie dachten, er sei bereit dafür. Das Long-QT-Syndrom. Ein Fehler in der elektrischen Aktivität des Herzens, der zu Arhythmien führt, die wiederum unter bestimmten Umständen einen Herzstillstand hervorrufen können. Wahrscheinlich genetisch bedingt. In der Bevölkerung nicht ausreichend diagnostiziert. Wenn es früh genug entdeckt wird, können wir als Ärzte alle möglichen Dinge dagegen tun, mit Schrittmachern, Betablockern. Wenn das erste Symptom jedoch der plötzliche Herztod ist, dann ist nichts mehr zu machen. Ein Schock kann der Auslöser sein, sagte der Arzt, oder ein starkes Gefühl, ganz gleich welcher Art. Es kann Entsetzen sein, Abscheu. Aber auch das muss nicht sein. Manchmal, sagte er, sterben die Leute vor Lachen.

Tätlichkeiten gegen Personen

Ihr Name war Nicolette Bland, und sie war die Geliebte meines Vaters. Ich rede von den frühen Siebzigern. Mittlerweile hat er sich lange von seinen fleischlichen Trieben verabschiedet. Sie sah aus, wie man sich eine Nicolette vorstellt: niedlich, selbstsicher, kurzes, kunstvoll gelocktes Haar, dunkle, glänzende, leicht schräggestellte Augen. Sie hatte einen honigfarbenen Teint, als käme sie gerade aus einem Pauschalurlaub; sie wirkte stets ausgeruht, und es kam selten vor, dass sie nicht lächelte.

Ich schätzte sie auf sechsundzwanzig. Ich selbst war siebzehn und arbeitete im Sommer vor Beginn der Universität als Nachwuchsangestellte in der Kanzlei meines Vaters. Herumteufeln, nannte er es. Ich habe nie erfahren, warum.

Ich sah ihr oft beim Tippen zu, *klipp-klipp*: kleine, zuckende Bewegungen ihrer perlmutternen Nägel. »Sie sagen, Frauen, lernt niemals tippen!«, warf ich in den Raum. Um 1972 herum fingen sie gerade an, das zu sagen. »Ach ja, tun sie das?«, sagte sie, und eine ihrer Hände verharrte einen Moment lang in der Luft. »Fang jetzt nicht damit an, Vicky. Ich habe bis zum Abendessen noch eine Menge zu schaffen.« Sie vollführte eine kleine, abwehrende Geste und schrieb auch schon weiter: *klippeti-klipp, klopp-klipp*.

Ihre Füße faszinierten mich. Ich senkte den Kopf immer wieder unter den Tisch und sah sie mir an, wie sie dort nebeneinanderstanden. Pfennigabsätze waren aus der Mode, aber Nicolette blieb ihnen treu. Ihre Pumps waren schwarz und auf Hochglanz poliert. Einmal, als mein Vater aus seinem Büro kam, sagte sie, ohne aufzusehen, *klipp-klopp, klicketi-klopp*: »Frank, denken Sie, wir könnten eine Sichtblende unter dem Tisch anbringen?«

Als ich in der Weihnachtszeit zurückkam, bekam ich ihren Schreibtisch, weil sie zu Kaplan's gewechselt war, auf der anderen Seite des Albert Square. »Da hat sie die Aufsicht über etwas«, sagte mein Vater. »Und allgemein ein weiteres Arbeitsfeld. Ihre Aufgaben hier, verstehst du, da wir uns hauptsächlich auf Liegenschaftsangelegenheiten konzentrieren …«

»Auf Verkehrsdelikte«, sagte ich, »und Tätlichkeiten gegen Personen.«

»Ja, diese Art Späße. Und wenn ich es recht verstanden habe, hat ihr der junge Simon hundert pro Jahr zusätzlich angeboten.«

»Wahrscheinlich in Essensmarken«, sagte ich.

»Das würde mich nicht wundern.«

»Ockhams Rasiermesser rasiert gründlicher«, sagte ich. Ich hatte erst Verdacht geschöpft, als er anfing, Erklärung auf Erklärung zu häufen. Mein Fuß schoss vor – das tut er, wenn ich plötzlich die Wahrheit erkenne – und traf mit einem dumpfen Knall auf die Sichtblende.

Das war alles Neuland für mich. Ich wusste, Männer hatten Verhältnisse mit ihren Sekretärinnen, und stellte mir vor, dass es die John Dalton Street hinauf und hinunter, in der Cross Street und der Corn Exchange Street verschiedene Unterarten von Ehebruch gab, aber wir übernahmen keine Scheidungsfälle, und wenn doch, hielten die Kanzleimitarbeiter die Unterlagen vor mir versteckt, sodass mein aktueller Wissensstand über männliches Doppelspiel auf den Romanen von Thomas Hardy fußte. Die Sechziger lagen hinter uns, die Zeit der freien Liebe, aber sie hatten Wilmslow kaum erreicht, von wo aus wir wochentags mit dem übervollen Sieben-Uhr-Fünfundvierziger in die Stadt fuhren. Ich ahnte, warum Nicolette auf die andere Seite des Albert Square gewechselt war. Es war diskreter, wenn sich der Seniorpartner außerhalb der eigenen Mauern befand. Die Kaplans mussten in der Sache mit drinstecken. Revanchierten sich für einen Gefallen, so wie das eine Mal, als sie einen Tacker herüberschickten, weil mir unserer in der Hand auseinandergefallen war.

Bis dahin war unser Leben makellos sauber gewesen. Wir wohnten in einem völlig staubfreien Haus, mit einer Mutter, die von morgens bis abends mit dem Staubwedel darin unterwegs war. Meine Schwester ging aufs Lehrerseminar, und ich war von Natur aus ordentlich. Was meinen Vater betraf, so war er ein Mann, der nicht viel Arbeit machte. Manchmal hatte er mich in jenem Sommer allein nach Hause geschickt und gesagt, dass er noch etwas Schreibtischarbeit zu erledigen habe – als gäbe es auch noch andere Aufgaben, zum Beispiel Baumstämme zersägen, die ein Seniorpartner zu erledigen hatte. Ich sollte sagen, ihm genüge ein Sandwich, wenn er später nach Hause komme. Der Braten, den meine Mutter für ihn warm hielt, schrumpfte auf der feuerfesten Servierplatte zu einem Fleck zusammen. Allein zu Hause in der Dämmerung, ging sie in den Garten hinaus und band herabhängende Triebe an Stangen, während ihre Füße in die Erde sanken, die sie nachmittags gewässert hatte. »Komme schon«, trällerte sie aus dem Zwielicht, wenn das Telefon klingelte. »Sieh, ob es dein Vater ist«, und ich hörte, wie sie sich an der Hintertür die Holzschuhe von den Füßen trat.

Mein Vater hatte turnusmäßig Dienst als Pflichtverteidiger, und es gab Abende, an denen er bis spät auf einer Wache war. Meine Mutter war von Natur aus blass, sah mitunter aber noch blasser aus, wenn sich die Zeiger der Uhr auf elf zubewegten.

»Er sollte das nicht mehr tun müssen«, schimpfte sie. »Als Seniorpartner. Soll Peter Metcalfe das doch übernehmen, oder dieser Willis, der ist gerade mal dreißig.«

Wenn er nach Hause kam, roch meine Mutter Alkohol in seinem Atem. »Du setzt doch wohl nicht deinen Führerschein aufs Spiel?« Sie wirkte zerbrechlich.

»Es ist die Atmosphäre da in der Minshull Street«, sagte er. »Die ist fürchterlich verlockend.«

»Diese Nicolette?«, sagte ich. »Ist sie eigentlich Ausländerin?«

»Die Bland«, sagte er zu meiner Mutter. »Sie hat für uns – wie sagt man noch gleich – getippt. Sag jetzt nichts, Victoria.«

»Ach ja«, sagte meine Mutter. »Der junge Kaplan hat ihr einen Rentenplan angeboten.«

»Genau die. Was soll das plötzlich? Warum sollte sie Ausländerin sein?«

»Ihre schöne Karamellfarbe. Ihre kleinen runden Arme und Beine, du weißt schon, sie sehen aus wie gegossen. Wie *Made in Hongkong*.«

»Ich wusste gar nicht, dass ich eine Nachfahrin von Enoch Powell großziehe«, sagte er beleidigt.

»Himmelherrgott«, sagte ich. »Ich würde einfach gern wissen, ob die Farbe aus der Flasche kommt, und wenn ja, wo man sie kaufen kann. Ich möchte attraktiver fürs andere Geschlecht werden, und irgendwo muss ich doch anfangen.«

»Mit deiner Frisur siehst du aus wie eine Strafgefangene.«

»Ich würde es nicht damit versuchen«, sagte meine Mutter. »Ich meine, mit der Farbe. Die Frisur steht außer Frage. Aber sieh dir beim nächsten Mal ihre Handflächen an. Wenn die Farbe künstlich ist, sind die Falten kakaofarben. Schönheitsköniginnen haben das Problem. Wenigstens sagt das Lorraine.«

Lorraine war Mutters Friseuse. Sie machte überragende Dauerwellen und war ein echter Capo unseres Viertels, ein Cesare Borgia des Stielkamms. Meine Mutter hatte versucht, uns zusammenzubringen. Mir gefiel nicht, welche Wendung unser Gespräch nahm: als wäre ich diejenige, die zu befragen war. »Ich gehe ins Bett.«

»Ich hoffe, du hast nicht wieder einen von deinen Träumen, Kleines.«

»Küsschen«, sagte mein Vater und hielt mir im Neonlicht der Küche seine kratzige Wange hin.

Ich blieb auch nach Weihnachten in der Kanzlei, während Pläne für meine Zukunft geschmiedet wurden. An der Uni hatte etwas nicht funktioniert. Wenn auch ohne Blutvergießen. Wir wollen das nicht weiter vertiefen.

Gleich im neuen Jahr waren wir mit einer für unsere Verhältnisse aufregenden Tätlichkeit bei Gericht. Der Wirt eines Pubs in Ancoats wurde angeklagt, einen seiner Gäste zusammengeschlagen zu haben. Die Anklage behauptete, der Mann habe friedlich an der Theke gesessen und getrunken, bis der Ruf der Natur ihn hochtrieb, worauf der Wirt ihn nicht zur Toilette, sondern bewusst nach hinten in den Hof geschickt habe und ihm gefolgt sei, um ihn dort zwischen den Fässern völlig grundlos mit Tritten zu malträtieren. Am Ende habe er ein Tor geöffnet und ihn in die düstere, verdreckte Gasse geworfen. Dort stand jedoch niemand anderer als ein uniformierter Constable, rechtschaffen und korrekt, der, als er die klaffende Wunde im Kopf des Geschlagenen sah, gleich sein Notizbuch zückte, um im Licht einer gerade zufällig in die Gasse gewanderten Straßenlaterne einen umfänglichen Bericht samt Auflistung aller Indizien zu verfassen.

Der Wirt hatte die Hälfte seiner Stammgäste mitgebracht, damit sie die Milde seines Charakters bezeugten. Eine größere Bande Halsabschneider hat man nie gesehen. Der Polizeibericht jener Nacht wies einiges an Merkwürdigkeiten auf, doch der Wirt, ein energischer junger Ire, tat sich nicht unbedingt einen Gefallen damit, dass er auf dem Korridor vor dem Gerichtssaal einen solchen Tumult veranstaltete, lautstark die Leute begrüßte und allen in Sichtweite einen Drink ausgeben wollte. »Ob Sie gewinnen oder verlieren, Sir«, rief er Bernard Nell, dem Staatsanwalt, zu, »kommen Sie bei mir reinspaziert, wann immer Sie mögen, und sagen Sie mir, worauf Sie Lust haben.«

Ich duckte mich, entging so seinem überschwänglichen Händedruck, hob den Blick und drückte den Rücken durch, um meinem Papa in den Saal zu folgen. Da sah ich zu meiner Überraschung Nicolette am anderen Ende des Korridors auftauchen und verharren. Sie sah sich mit gerunzelter Stirn um und setzte, als sie mich entdeckte, ein unschuldiges, gekünsteltes Lächeln auf. Sie hielt einige Papiere in der Hand und wedelte mit ihnen herum, als wolle sie andeuten, dass sie für Kaplan hier sei, aber irgendwie war mir klar, dass sie nach meinem Vater Ausschau hielt. Ich denke, es war die Art, wie sie wieder und wieder den Blick schweifen ließ. »Einen doppelten Gin für dich, Prinzessin«, schlug der Wirt vor, als er am Arm eines Polizisten an ihr vorbeischwankte. Der Ausdruck des Polizisten besagte, na, seht ihr, warum wir den Kerl nicht auf Kaution herausgelassen haben?

Als der Wirt, der sich als ein durchaus sympathischer Bursche erwies, seine Version der Geschehnisse vorbrachte, kicherten die Gerichtsdiener um mich herum, und von den Zuschauerbänken erschallte dröhnendes Lachen. Potts, der die Verhandlung leitete und dafür bekannt war, keinen Funken Humor in sich zu tragen, drohte damit, den Gerichtssaal räumen zu lassen, und bald schon herrschte gedämpftes Schweigen. Ich kann den Verhandlungsverlauf dennoch nicht wiedergeben, denn als der Polizist in den Zeugenstand trat, spürte ich einen Schmerz im Magen wie den Tritt eines Pferdefußes, schob mich an meinem Vater vorbei, nickte Potts zu und zog mich ehrfurchtsvoll aus dem Saal zurück, in Richtung Damentoilette. Mein Vater, der sich an die Biologie junger Frauen gewöhnt hatte, schenkte mir einen mitfühlenden Blick. An der Tür drehte ich mich noch einmal um und sah Nicolette oben auf der Galerie sitzen, zwischen den Freunden des Wirts eingeklemmt, die bei jeder Wendung des Verfahrens stumm auf ihren Plätzen auf- und abhopsten.

Bei meiner Rückkehr hatte sich das Gericht gerade in die Mittagspause verabschiedet. Nicolette stand auf dem Korridor und sprach ernst zu meinem Vater, das Gesicht zu ihm erhoben. Niemand schien mehr da zu sein. Mein Vater wirkte düster und hielt den Blick auf sie gerichtet. Er muss Hunger haben, dachte ich. Er hob den Kopf und drehte ihn hin und her, als suchte er nach einem rettenden Kellner. Dabei glitt sein Blick über mich, doch er schien mich nicht zu sehen. Er wirkte erschöpft, grau, als wäre er allein am Bordstein zurückgelassen worden und einer der zweifelhaften Typen aus Ancoats hätte ihm sein Blut abgezapft.

Dann füllte sich der Korridor wieder mit verschiedenen Leuten, die vom Essen zurückkamen. Ein Gifthauch von ausgedrückten Zigaretten, Lagerbier, Käse, Zwiebeln und Whisky wehte ihnen voran, unter den sich der Geruch nasser Regenmäntel und feuchter Druckerschwärze mischte, als die Seiten der ersten Ausgabe der *Evening News* geöffnet und glattgeschlagen wurden. Nicolette kam auf laut klackernden Absätzen zu mir herüber. Sie schien darauf aus zu sein, sich mit mir anzufreunden, und öffnete ihre Tasche. »Dein Vater meinte, du könntest zwei von denen hier brauchen.« Sie zog ein Fläschchen Aspirin heraus.

»Normalerweise nehme ich drei.«

»Keine falsche Bescheidenheit.«

Mit großzügiger Miene schraubte sie den Deckel auf. Aber im Flaschenhals steckte ein Wattebausch, und als ich ihn herauszufischen versuchte, wich er vor meinem Zeigefinger zurück und landete außer Reichweite. »Gib her«, sagte Nicolette und probierte es mit einer ihrer perlmutternen Krallen. »Das kleine Mistding«, sagte sie.

Mein Vater war zu uns getreten. Seinen dicken Zeigefinger in die Höhe streckend, zeigte er uns, dass er in der Sache nicht helfen konnte. Nicolette wurde rot und senkte den Kopf. Über ihre Lider zog sich ein schmaler dunkeltürkiser, mit einem feinen Stift gezogener Strich. Ich stellte mich so neben sie, dass ich unbemerkt versuchen konnte, in ihren Ausschnitt zu spähen, um herauszufinden, wo der karamellfarbene Ton endete, entdeckte aber nur ein paar hässliche hektische Flecken, die sich purpurn bis zu den alles Weitere verbergenden Knöpfen hinzogen.

Die Truppen der Krone näherten sich. »Was ist los, Frank«, sagte Bernard Bell.

»Meine Tochter«, sagte mein Vater, »bekommt gerade ihre … bekommt gerade ihre Kopfschmerzen.«

»Das ist die Sonne.« Es war Februar. Niemand lächelte. »Schon gut«, sagte Bell. »Pinzette?«

Fast hätte ich mich nach Pinzette umgesehen, einen rachitischen Gerichtsdiener mit fingerlosen Handschuhen, doch dann sah ich Bell in seinen Taschen wühlen und verschiedene Schätze, ein paar Münzen und Flusen, ans Licht befördern. Er durchsiebte das Gefundene, versenkte beide Hände aufs Neue und nestelte eine Weile dort unten herum – ein Tribut, dachte ich, an die Reize Nicolettes. Mein Vater schnaubte. »Bernie, hast du vor Gericht etwa keine Pinzette dabei? Einen Nagelknipser schon …«

»Spotte du nur«, sagte Bernie. »Ich habe schon üble Verwundungen durch herumfliegende Glassplitter erlebt, bei denen die Hände eines von der St.-John-Ambulanz ausgebildeten Mannes mit einer sterilisierten …«

In diesem Moment ließ Nicolette einen triumphierenden Kiekser hören. Sie hielt den Wattestopfen zwischen den Fingerspitzen. Drei Aspirin rollten in meine Hand. Wären sie in ihre Hand gerollt, hätte ich meine Frage beantworten können.

Der Fall wurde am frühen Nachmittag beendet. Der Ire taumelte auf den Korridor, um seine Gratulanten zu begrüßen, stieß die Faust in die Luft und rief: »Eine Runde für alle.«

Es überraschte mich zu sehen, dass Nicolette noch da war. Sie stand allein für sich, ihre Tasche am Arm haltend. Ihre Papiere, worum auch immer es sich dabei gehandelt haben mochte, hatte sie verloren. Sie sah aus, als stünde sie für etwas an. »Sehr ehrbar verhandelt, ganz wie ein Gentleman«, schickte der Wirt in Richtung des Staatsanwalts, und als er mit wild gestikulierenden Fäusten und weit ausgreifenden Schritten an Nicolette vorbeikam, sah ich, wie sie fast schon militärisch flink an die Wand zurückwich und einen Arm über ihren winzigen Bauch legte.

An diesem Abend nahm mein Vater meine Mutter beiseite. Sie strebte immer wieder mit kleinen ziellosen Bewegungen von ihm fort, und er folgte ihr den Flur hinunter in die Küche und sagte, so hör doch zu, Lillian. Ich ging hinauf ins Bad und sah in den kleinen Schrank dort, den ich normalerweise mied, da mir schon der Gedanke daran Übelkeit bereitete. Ich machte eine Bestandsaufnahme: eine kleine Flasche Olivenöl, ein paar Wundsalben, eine Rolle Pflaster, eine an den Enden abgerundete Schere mit einem Rostfleck an der Verbindung der beiden Schneiden, in Zellophan verpackte elastische Binden. Es war besser für Notfälle vorgesorgt, als ich gedacht hatte. Ich zog etwas Baumwolle aus einer Schachtel, rollte zwei Stopfen daraus und steckte sie mir in die Ohren. Ich ging nach unten und sah, wie mir meine Füße, Fährtensuchern gleich, geräuschlos vorausliefen. Ich warf nicht einen Blick durch die Küchentür, obwohl sie eine Glasscheibe hatte, spürte nach einer Weile aber ein Vibrieren unter den Füßen, als würde das ganze Haus wackeln.

Ich ging in die Küche. Mein Vater war nicht mehr da, und aufgeweckt, wie ich war, schloss ich, dass er durch die Hintertür verschwunden sein musste. Der Raum wurde von einem dumpfen Schlaggeräusch erfüllt. Meine Mutter hämmerte mit der feuerfesten Platte, auf der sie normalerweise sein Essen zusammenschrumpfen ließ, auf die Ecke des Küchentischs ein. Die Platte war aus gehärtetem Glas, und es dauerte eine ganze Weile, bis sie zersprang. Jetzt endlich hörte sie auf, ließ die Scherben auf dem Boden zurück und eilte an mir vorbei hinauf in den ersten Stock. Ich deutete auf meine Ohren, wie um sie zu warnen, dass jeder Kommentar zu den Geschehnissen unnötige Mühe wäre. Allein in der Küche, hob ich die Scherben auf, suchte sie zusammen und legte sie zurück auf den Tisch. Da ich über keine hilfreiche Pinzette verfügte, zupfte ich die Splitter mit den Fingernägeln aus den Teppichfliesen. Die Kleinarbeit der Rückgewinnung nahm eine befriedigend lange Zeit in Anspruch, und während der wattegedämpfte Abend ohne mich seinen weiteren Verlauf nahm, arrangierte ich die schartigen Fragmente der Platte so nebeneinander, dass ihr Zwiebel-und-Karotten-Muster wiederhergestellt war. So ließ ich alles für meine Mutter zurück, doch als ich am nächsten Morgen nach unten kam, waren die Scherben verschwunden, als hätte es sie nie gegeben.

Ich besuchte sie nach der Geburt der Zwillinge. Nicolette tat kumpelhaft und versuchte an die alten Zeiten zu erinnern – die Sichtblende und all das –, doch ich ließ sie abblitzen. Mein Vater war immer noch grau wie an jenem Tag mit dem Wirt im Gericht, und die Babys hatten beide eine gelbliche Farbe. Aber sie schienen ihm zu gefallen, und er grinste, dachte ich, wie ein grüner Junge. Ich betrachtete ihre kleinen Finger und die kleinen Händchen und bestaunte sie, wie man es eben tut, was ihm offenbar ganz recht war. »Wie geht es deiner Mutter?«, sagte er.

Auf der heißen Platte des kleines Herdes köchelte etwas Braunes vor sich hin.

Meine Mutter hatte das Haus bekommen. Sie sagte, sie hätte den Garten nur sehr ungern aufgegeben. Er musste ihr Unterhalt zahlen, und etwas davon gab sie für Yoga-Unterricht aus. Sie war spröde gewesen und wurde jetzt biegsam. Jeden Tag begrüßte sie die Sonne.

Ich war keine voreingenommene junge Person. Mir fallen diese Dinge immer noch auf, ich sehe, welche Farben die Leute annehmen, wenn sie lügen. Welche Farben sie annehmen. Nicolette, fiel mir auf, sah aus, als müsse sie abgestaubt werden. Sie roch nach Aufgestoßenem und braunem Eintopf, und das lockige Haar hing ihr in wolligen Klumpen über die Ohren. Sie flüsterte mir zu: »Manchmal hat er Bereitschaftsdienst, du weißt schon, wenn die Reihe an ihm ist. Dann ist er bis spät unterwegs. War das früher auch so?«

Mein Vater, stets ein zurückhaltender Mann, ließ die beiden Kleinen auf seinen Knien hopsen und sang auf etwas düstere Weise: »Hoppe, hoppe, Reiter, wenn er fällt, dann schreit er.« Liebe ist nicht umsonst. Tatsächlich lebte er in finanzieller Not, aber das musste ihm klar gewesen sein. Ich nehme an, dass Simon Kaplan ihn bewunderte, Bernard Bell, all diese Leute. Soweit ich sehen konnte, hatten alle bis auf mich bekommen, was sie bestellt hatten. »Eine Runde für alle?«, fragte ich, und Nicolette, die gerade die Hände frei hatte, langte auf die Anrichte und holte eine Flasche britischen Sherry hervor. Ich sah, wie sie den Staub von der Flasche blies. Nur ich hatte es verpasst zu sagen, worauf ich Lust hatte.

Winterferien

Als sie an ihrem Zielort ankamen, konnten sie ihren eigenen Namen nicht mehr erkennen. Der Taxifahrer stieß sein Schild in die Luft, während sie die lange Reihe hinauf- und hinabsahen, bis Phil die Hand ausstreckte und sagte: »Da sind wir.« Kleine Gipfel waren über den *T* ihres Zunamens gewachsen, und der Punkt auf dem *i* war wie eine Insel davongetrieben. Sie rieb sich die Wange, die vom Zug aus der Lüftungsdüse über ihrem Sitz ganz taub geworden war. Der Rest von ihr fühlte sich zerknittert und sandig an, und während sich Phil zu dem Mann durchschob und winkte, zupfte sie sich den Stoff ihres T-Shirts unten vom Rücken und folgte ihm. Wir ziehen uns für das Wetter an, wie wir es uns wünschen, als wollten wir ihm Druck machen, obwohl wir doch die Voraussage gesehen haben.

Der Fahrer legte eine behaarte, besitzergreifende Hand auf ihren Gepäckwagen. Er war untersetzt, hatte einen ordentlichen Schnauzbart und trug eine Drillichjacke mit geschlossenem Reißverschluss, unter der das karierte Futter hervorlugte, als wollte er sagen: Vergesst eure Sonnenschein-Illusionen. Das Flugzeug hatte sich verspätet, und es war bereits dunkel. Er öffnete eine der hinteren Türen für sie und packte ihre Taschen in seinen Kombi. »Ein weiter Weg« war alles, was er sagte.

»Ja, aber schon bezahlt«, sagte Phil.

Der Fahrer ließ sich auf seinen Sitz fallen; es knarzte ledrig. Als er seine Tür zuschlug, wackelte das ganze Auto. Die vorderen Kopfstützen waren aus den Sitzen gezogen worden, und beim Zurücksetzen legte er den Arm über beide Rücklehnen und starrte an ihr vorbei, Zentimeter von ihr entfernt, jedoch ohne einen Blick für sie. Im schwummerigen Licht der Parkplatzlaternen studierte sie die Haare, die ihm aus der Nase wuchsen. »Lehn dich zurück, Liebling«, sagte Phil, »und schnall dich an. Los geht's.«

Was für ein guter Vater er gewesen wäre. Hoppala. Schon gut, schon gut. Nichts passiert.

Aber Phil war da anderer Auffassung. War er immer schon gewesen. Er zog es vor, im Winter Urlaub zu machen, während der Schulzeit, wenn die Hotels billig waren. Seit Jahren schon reichte er Zeitungen an sie weiter, die Artikel nach oben gefaltet, in denen stand, welche Unsummen ein Kind verschlang, bis es achtzehn war. »Wenn man das so liest«, sagte er dazu, »kriegt man es mit der Angst zu tun. Die Leute denken, sie kommen mit abgelegten Kleidern aus. Mit halben Portionen. Tun sie aber nicht.«

»Aber unser Kind wäre nicht drogenabhängig«, antwortete sie. »Jedenfalls nicht in diesem Ausmaß. Und es wäre auch nicht intelligent genug für Eton, sondern könnte in die staatliche Schule in Hillside gehen. Wobei sie da angeblich Läuse haben.«

»Und damit würdest du dich ja sicher nicht herumärgern wollen, oder?«, sagte er: ein Mann, der sein Ass ausspielt.

Sie krochen durch die Stadt, auf den Bürgersteigen drängten sich die Leute, Neonreklamen blinkten über billigen Kneipen, und Phil sagte, wie sie vorausgesehen hatte: »Ich glaube, wir haben uns richtig entschieden.« Eine einstündige Fahrt lag vor ihnen, und bald schon rasten sie durch die wuchernden Vororte. Es ging leicht bergauf. Als sie sicher war, dass der Fahrer sich nicht unterhalten wollte, ließ sie sich in den Sitz zurücksinken. Es gab zwei Arten von Taxifahrern: die geschwätzigen mit einer Nichte in Dagenham, die den ganzen Weg hinaus zur fernen Küste oder zum Nationalpark reden wollten, und die, denen man noch jedes Ächzen aus der Nase ziehen musste und die auch unter Folter nicht verraten hätten, wo ihre

Nichte lebte. Sie machte ein, zwei touristische Bemerkungen: Wie war das Wetter in letzter Zeit gewesen? »Regen. Und jetzt rauche ich erst mal eine«, sagte der Mann. Er schüttelte sich die Zigarette direkt aus der Schachtel in den Mund, jonglierte mit seinem Feuerzeug herum und ließ das Lenkrad dabei zwischendurch los. Er fuhr sehr schnell, behandelte jede Biegung wie eine persönliche Beleidigung und schäumte, wann immer er aufgehalten wurde. Sie spürte, wie sich Phils Kommentare hinter dessen Zähnen stauten: Das dürfte dem Getriebe aber nicht guttun, oder? Zuerst drängten sich noch ein paar Autos an ihnen vorbei und schlichen auf die Lichter der Stadt zu, doch dann dünnte der Verkehr aus und versiegte schließlich ganz. Die Straße wurde schmaler, und schwarze, stumme Hügel blieben hinter ihnen zurück. Phil begann ihr von Flora und Fauna im höher gelegenen Dickicht zu erzählen.

Den Duft der Kräuter, die man dort unter den Füßen zertrat, musste sie sich vorstellen. Die Fenster des Taxis hielten die stille, kühle Nacht draußen, und sie wandte den Kopf bewusst von ihrem Mann ab und vernebelte die Scheibe mit ihrem Atem. Die Fauna bestand hauptsächlich aus Ziegen. Sie sprangen die Hänge herunter, traten Steine in die Tiefe und kamen den Autos in die Quere, gefolgt von ihren Kitzen. Sie waren gefleckt und vielfarbig, flink und unachtsam. Manchmal leuchtete ein Auge flüchtig im Scheinwerferlicht eines Autos auf. Sie zog an ihrem Sitzgurt, der ihr in die Kehle schnitt. Sie schloss die Augen.

Beim Sicherheitscheck in Heathrow war Phil ihr auf die Nerven gegangen. Als sich ein junger Mann vor ihnen umständlich die Wanderschuhe aufbinden musste, hatte er laut gesagt: »Er weiß doch, dass er die Dinger ausziehen muss. Kann er keine Slipper anziehen wie alle anderen auch?«

»Phil«, flüsterte sie, »er trägt sie, weil sie so schwer sind. Um beim Gepäck Gewicht zu sparen.«

»Die Leute denken nur an sich. Die Schlange wird immer länger, er weiß doch, wie es geht.«

Der Wanderer sah aus dem Augenwinkel zu ihm hinauf. »Tut mir leid, Kumpel.«

»Eines Tages kriegst du eine verpasst«, sagte sie zu ihrem Mann.

»Das werden wir ja sehen.« Phil sang es, wie ein Kind auf dem Spielplatz. Einmal, da waren sie seit ein, zwei Jahren verheiratet gewesen, hatte er ihr gestanden, dass er die Anwesenheit kleiner Kinder unerträglich anstrengend finde: den unkontrollierten Lärm, die verstreuten Plastikspielzeuge, das unartikulierte Verlangen, sie mit etwas zu versorgen, etwas in Ordnung zu bringen, auch wenn man nicht wusste, was.

»Im Gegenteil«, sagte sie. »Sie zeigen. Sie rufen ›Saft!‹.«

Er nickte elend. »Ein ganzes Leben lang«, sagte er. »Das würde einem an die Nieren gehen. Es würde sich wie eine Ewigkeit anfühlen.«

Die Frage wurde ohnehin langsam akademisch. Sie hatte das Stadium ihrer Fruchtbarkeit erreicht, in dem sich genetische Abschnitte verknoteten, Chromosomen aufbrachen und neue Verbindungen eingingen. »Trisomien«, sagte er. »Syndrome. Stoffwechseldefizite. Das würde ich dir nicht zumuten.«

Sie seufzte. Rieb sich die nackten Arme. Phil beugte sich vor. »Meiner Frau ist kalt.«

»Ziehen Sie eine Jacke an«, sagte der Fahrer. Er schob sich eine weitere Zigarette in den Mund. Die Straße stieg jetzt in Serpentinen an, und in jeder Kehre riss der Mann das Steuer herum und warf das Heck des Wagens in Richtung des Grabens.

»Wie lange noch?«, fragte sie. »Ungefähr?«

»Halbe Stunde.« Hätte er das mit einem Spucken ausdrücken können, dachte sie, hätte er es getan.

»Immer noch rechtzeitig zum Essen«, sagte Phil ermutigend. Er rieb ihr die Arme, auch das, um sie zu ermutigen. Sie lachte zittrig. »Du bringst sie zum Wabbeln«, sagte sie.

»Unsinn. An dir ist doch nichts dran.«

Es war Halbmond, Wolken trieben am Himmel. Rechts fiel das Land in einem langen Bogen ab, links reckten sich die Bäume in die Höhe, und als er ihren Ellbogen nahm, um ihn zu streicheln, schleuderten und schlitterten sie aufs Neue; ein kleiner Steinschauer ging auf die Straße vor ihnen nieder. Phil sagte gerade: »Ich brauche nur zwei Minuten zum Auspacken.« Bevor er ihr sein System des Reisens mit leichtem Gepäck erklären konnte, grunzte der Fahrer, riss am Lenkrad, machte eine Vollbremsung und brachte den Wagen schlingernd zum Stehen. Sie schoss vor und krachte mit der Hand gegen den Sitz vor sich. Der Sicherheitsgurt holte sie zurück. Sie hatten den Aufprall gespürt, aber nichts gesehen. Der Fahrer öffnete seine Tür und duckte sich in den Abend. »Ein Kitz«, flüsterte Phil.

Steckte es unter dem Wagen? Der Fahrer zerrte an etwas zwischen den Vorderrädern. Er beugte sich tief hinunter, und sie konnten seinen Hintern mit dem karierten Saum um die Hüfte in die Luft steigen sehen. Sie saßen sehr still im Inneren des Wagens, als wollten sie keine Aufmerksamkeit auf den Vorfall ziehen, sahen einander nicht an, sondern beobachteten, wie der Fahrer wieder auftauchte, sich den unteren Rücken rieb und um den Wagen herumging. Er öffnete die Heckklappe und zog etwas Dunkles hervor, eine Plane. Die Kälte der Nacht traf sie zwischen den Schulterblättern, und sie schrumpften leicht in sich zusammen. Phil nahm ihre Hand, sie entwand sie ihm: nicht gereizt, sondern weil sie das Gefühl hatte, sich konzentrieren zu müssen. Der Fahrer erschien hell vor ihnen, von den eigenen Scheinwerfern angestrahlt, drehte den Kopf und sah die Straße hinauf und hinunter. Er hatte etwas in der Hand, einen Stein. Beugte sich vor. Rums, rums, rums. Sie verspannte sich. Sie wollte schreien. Rums, rums, rums. Der Mann richtete sich wieder auf. Er hielt ein Bündel in den Armen. Das Abendessen morgen, dachte sie. In Zwiebeln und Tomaten gegart. Sie wusste nicht, wie das Wort »garen« in ihren Kopf kam, und erinnerte sich an ein Schild in der Stadt: Fahrschule Sophokles. »Preise niemanden glücklich …« Der Fahrer legte das Bündel hinten in den Wagen, zu ihrem Gepäck. Die Klappe schlug zu. Recycling, dachte sie. Phil würde sagen: »Sehr lobenswert.« Aber er sagte nichts. Er schien sich dagegen entschieden zu haben. Sie begriff, dass sie beide diesen grässlichen Beginn ihrer Winterferien nicht wieder erwähnen würden. Sie rieb sich das Handgelenk. Ganz sanft. Eine angstvolle Bewegung. Eine Reinigung. Den feinen Schmerz wegmassieren. Die ganze Woche werde ich es hören, dachte sie: rums, rums, rums. Vielleicht machen wir einen Witz daraus. Wie wir erstarrt sind. Wie wir ihn haben machen lassen. Was sonst hätten wir … denn schließlich patrouillieren nachts ja keine Tierärzte durch die Berge. Etwas stieg ihr die Kehle herauf, das sie aussprechen wollte: kitzelte unter dem Gaumen, fiel wieder hinunter.

Der Portier sagte: »Willkommen im Royal Athena Sun.« Licht ergoss sich aus dem marmornen Inneren. Nicht weit entfernt wurden ein paar verfallene, kalte Säulen angestrahlt; das Licht wechselte von Blau zu Grün und wieder zu Blau. Das wird das versprochene »archäologische Charakteristikum« sein, dachte sie. Bei anderer Gelegenheit hätte sie die unglaubliche Vulgarität grinsen lassen, aber die feuchtkalte Luft, der Vorfall … Sie rutschte aus dem Wagen und richtete sich auf, ohne zu lächeln, die Hand auf das Dach des Taxis gelegt. Wortlos drängte sich der Fahrer an ihnen vorbei und öffnete die Heckklappe. Der Portier stand bereits hinter ihm und streckte die Hände nach ihren Taschen aus. Der Fahrer bewegte sich schnell und blockte ihn ab, und zu ihrem eigenen Erstaunen sprang sie vor: »Nein!«, und Phil ebenso: »Nein!«

»Ich meine«, sagte Phil, »es sind nur zwei Taschen«, und als wollte er beweisen, wie leicht ihr Gepäck sei, hob er eine an und ließ sie fröhlich kreisen. »Ich bin ein Fan …«, aber der Ausdruck des »Reisens mit leichtem Gepäck« wollte ihm in dem Moment nicht einfallen. »Nicht viel Sachen«, sagte er.

»Ist gut, Sir.« Der Portier zuckte mit den Achseln und trat zurück. In ihren Gedanken legte sie es sich so zurecht, wie sie es viel später vielleicht einer Freundin erzählen würde: Er hat uns zu Komplizen gemacht, verstehst du? Aber der Taxifahrer hat natürlich nichts Unrechtes getan. Nur das Naheliegende.

Und ihre imaginäre Freundin stimmte ihr zu. Dennoch, instinktiv hätte man das Gefühl … das Gefühl, dass es etwas zu verstecken gäbe.

»Ich bin reif für einen Drink«, sagte Phil. Er sehnte sich nach einer Szene hinter den Scheiben des Hotels: Brandy sour, klickende Eiswürfel in Form von Fischen, klackende hohe Absätze auf Terrakotta-Fliesen, schmiedeeiserne Verzierungen, Hotelbettwäsche, weiche Kissen. Preise niemanden glücklich … Preise niemanden glücklich, bis er nicht friedlich in seinem Grab liegt. Oder wenigstens in seiner Junior Suite, wo er das Heute ausradieren und morgen hungrig aufwachen kann. Der Taxifahrer beugte sich über den Wagen, um die zweite Tasche herauszuholen. Dabei stieß er gegen die Plane, und was sie zu sehen bekam – und sich im selben Moment zu sehen weigerte –, war kein gespaltener Huf, sondern die schmutzige Hand eines Kindes.

Harley Street

Ich öffne die Tür. Das ist mein Job. Ich habe hundert administrative Aufgaben und natürlich auch einen offiziellen Titel, tatsächlich aber mache ich den Empfang. Ich nehme den Patienten die Terminkarten ab, die sie mir meist ohne ein Wort entgegenstrecken, und führe sie ins Wartezimmer. Später schicke ich sie den Flur hinunter oder die Treppe hinauf, je nachdem, was sie erwartet: für gewöhnlich nichts Angenehmes.

Meist sehen sie einfach durch mich hindurch. Augen und Ohren sind verschlossen, nur ihren eigenen Problemen schenken sie Beachtung, und sie könnten genauso gut von einem Roboter in Empfang genommen werden. Das habe ich einmal zu Mrs Bathurst gesagt, worauf sie mich auf ihre halbwache Art ansah. Von einem Roboter, wiederholte sie. Oder einem Zombie, sagte ich fröhlich. Das ist es, was unsere Ärzte produzieren sollten, einen Zombie. Das würde die Praxiskosten erheblich reduzieren, und sie hätten weniger, worüber sie sich beklagen müssten.

Bettina, die unten im Keller das Blut abnimmt, sagte, wie meinst du das, einen Zombie produzieren? Das ist ein Kinderspaß, sagte ich. Du brauchst Stechapfel und gemahlenen Kugelfisch und mischst damit einen Kräutercocktail, nach altem Familienrezept. Dann begräbst du sie kurz, buddelst sie wieder aus und schlägst ihnen vor den Kopf, um sie bewusstlos zu machen, und schon sind es Zombies. Sie gehen und reden, aber ihr Wille ist ihnen genommen.

Ich redete so dahin, machte mir jedoch gleichzeitig selbst Angst, das gebe ich zu. Bettina studierte mich auf Anzeichen von Wahnsinn, ihr hübscher Mund öffnete sich wie eine zerteilte Erdbeere, und auch Mrs Bathurst musterte mich, wobei ihr Kinn herabsank und das Licht auf den Zähnen glitzerte, die Schnapper, unser Zahnarzt, ihr billig mit Gold gefüllt hatte.

»Was ist mit euch beiden?«, sagte ich. »Lest ihr den *New Scientist* nicht mehr?«

»Ich sehe nicht so gut«, sagte Mrs Bathurst. »Ich finde, dass Fernseher eine gute Gesellschaft sind.«

Natürlich ist das Klatschblatt *Hello!* das Einzige, was Bettina kauft. Sie kommt aus Melbourne und hat keinerlei Sinn für Humor: keinerlei Sinn für irgendwas. »Zombies?«, artikulierte sie vorsichtig. »Ich dachte immer, Zombies wären dazu da, bei sengender Hitze Zuckerrohr zu schneiden. Ich habe sie nie mit der Harley Street in Verbindung gebracht.«

Mrs Bathurst schüttelte den Kopf. »Aus dem Totenreich«, sagte sie ernst.

Dr. Schienbein (erster Stock, zweite Tür rechts) kam gerade vorbei. »Also bitte, Schwester«, sagte er verblüfft. »Ist das hier der richtige Ort für derlei?«

»Sie spielt auf das Geheimnis von Leben und Tod an«, sagte ich zu Schienbein.

Mrs Bathurst seufzte. »So ein Geheimnis ist es auch wieder nicht.«

Wie ich schon sagte, arbeitet Bettina im Keller und nimmt Proben fürs Labor. Patienten kommen von Ärzten aus der ganzen Harley Street und bringen Formulare, auf denen angekreuzt ist, auf was ihr Blut getestet werden soll. Bettina füllt es in Röhrchen und klebt Etiketten darauf. Die Patienten, die ich ihr schicke, sehen krank aus, sehr krank. Sie mögen nicht, was kommt, aber was ist es? Nur ein Nadelstich. Es stimmt, wir hatten da unten auch schon Vivisektionisten, zu meiner Zeit. Bettina ist zerstreut, aber auf ihre Weise auch erfahren, und sie schickt niemanden blutend wieder weg. Nur einmal, zu Beginn dieses Sommers, ich weiß noch, wie das junge Mädchen vor meinem Kämmerchen stehen blieb, »oh« sagte und das dünne Blutrinnsal anstarrte, das ihr vom Ellbogen auf die bläulich geschwollenen Adern des Handgelenks zukroch. Sie war siebzehn, anorektisch und anämisch. Ihr Blut hätte so blass wie sie selbst sein sollen, dünn und grün, aber natürlich war es erschreckend frisch und rot.

Ich trat aus der Tür und legte ihr meine Hände auf die Schultern. Damals im Mai hatte ich warme, ruhige Hände. Gehen Sie wieder hinunter, sagte ich mit fester Stimme, laufen Sie zu Bettina und bitten Sie sie um ein neues Pflaster. Sie ging. Mrs Bathurst überquerte den Korridor mit einer Brechschale in der Hand. Ich sah, wie sie den Mund aufriss und sich mit einer Hand an der Wand abstützte. Sie wirkte erschöpft und blass wie eine Patientin. »Du liebes bisschen!«, sagte sie. »Was war denn mit dem jungen Ding?«

Ich musste Mrs Bathurst eine Tasse Tee kochen und sagte: »Wenn Ihnen Blut den Magen umdreht, warum sind Sie dann Krankenschwester geworden?«

»Oh, nein«, sagte sie, »nein, für gewöhnlich ist es ganz und gar nicht so.« Sie legte die Hände um ihre Tasse und hielt sie fest umschlossen. »Aber dieser jungen Frau hier so auf dem Gang zu begegnen«, sagte sie, »das kam zu unerwartet.«

Bettina hat rote Haare, Sommersprossen und sahnige Haut. Wenn sie sich hinsetzt, öffnet sich der weiße Kittel, und ihre kurzen Röcke rutschen hoch und lassen die Baby-Knie sehen. Sie ist ausreichend vollbusig und hirntot, und doch beschwert sie sich über ihren mangelnden Erfolg bei Männern. Sie wollen mit ihr ausgehen, doch dann weiß sie nicht so recht, was sie von ihr wollen. Sie treffen sich mit anderen Burschen in lauten Pubs, und – also ich dachte, Europa wäre da anders, sagt sie – dann reden sie über Autobahnen. Über verschiedene Abfahrten und darüber, wie schnell sie von einer zur anderen kommen, oder über interessante Baustellen, die sie gesehen haben. Gegen Ende des Abends, mit ein paar Gläsern im Bauch, sagen die Männer, wir hassen Arsenal und wir hassen Arsenal. Der Wirt will, dass die Leute gehen. Bettina geht auch, vom Damenklo schiebt sie sich an der Wand entlang zum nächsten Ausgang. »Weil, ich will es nicht«, sagt sie, »ich will ihren Sabber und ihre Pfoten NICHT auf mir haben.«

Im Frühsommer begann sie zu sagen, dass die Männer es nicht wert sind. Fernsehen sei besser, abwechslungsreicher. Oder ich mach's mir gemütlich und sehe mir eine Serie an.

»Trotzdem brauchst du ein Hobby«, sagte Mrs Brathurst. »Etwas, das dich aus dem Haus bringt.«

Bettina trägt ein kleines silbernes Kreuz um den Hals, an einer fadendünnen Kette. »Sie wird reißen«, meinte Mrs Bathurst.

»Sie ist so zart«, sagte Bettina und legte die Hand auf das Kreuz. In Melbourne ist ihr eingetrichtert worden, zart und süß zu sein. Manchmal jammert sie, oje, oje, ich glaube, ich habe eine von meinen Proben verlegt. O lieber Herr im Himmel! Hör zu, beruhige dich, sage ich, ich bin sicher, du hast keinen Tropfen Blut verloren. Dann zählt sie ihre Glasröhrchen noch einmal, überprüft die Formulare, und alles ist in Ordnung. Aber irgendwann wird was danebengehen, sie vertauscht die Etiketten, und einem großen haarigen Kerl wird mitgeteilt, dass er zu wenig Östrogen im Blut hat und sich in eine Klimateriumsklinik begeben sollte. Wobei, wenn es Beschwerden gäbe, würden sie im System untergehen.

Unsere Truppe ist gut darin, Beschwerden zu verlieren. Die Patienten sollen nicht glauben, bloß, weil sie für ihre Behandlung bezahlen, gebühre ihnen auch Respekt. Sicher, es klingt respektvoll, wie wir es formulieren, wenn wir unsere Rechnungen verschicken:

Dr. Schienbein übermittelt seine Grüße und bittet um die Begleichung seiner Gebühr von 300 Guineen.

Hinter den Rücken der Patienten geht es eher so: »Verdammte Neurotiker! Besserwisser! Haben den Nerv, hier hereinzukommen und Aufmerksamkeit zu wollen! Mir Fragen zu stellen! Mir, der ich am Barts studiert habe!«

Sie denken bestimmt, ich bin zynisch und verbittert. Aber für mich war die Harley Street immer schon heillos, sehr lang und sehr eintönig, nicht enden wollende Geländer, Messingschilder und die überall gleichen dunklen, hölzernen Kassettentüren. Ich frage mich, ob die Patienten sie in der stickigen Morgendämmerung dieses Sommers in ihren Träumen sehen, so wie ich es tue: als erstreckte sie sich nicht einfach nur durch den Raum, sondern durch die Zeit, und an ihrem Ende lägen weder die Marylebone Road noch der Cavendish Square, sondern der Tod und der Ort, an dem wir vor unserer Geburt waren. Natürlich erwähne ich nichts von alledem Bettina oder Mrs Bathurst gegenüber. Zum Wohle der Patienten müssen wir versuchen, tagsüber frohgelaunt zu bleiben.

Unsere Räumlichkeiten sind allerdings nicht dazu gemacht, die Laune zu heben. Selbst wenn Sie nie in der Harley Street waren, haben Sie wahrscheinlich ein Bild davon vor Augen: Ledersofas, Messinglampen mit dunkelgrünen Schirmen und Repro-Kaffeetische aus Eibenholz mit *Country Life*-Stapeln darauf – alles in allem eine Umgebung, die sagt, wenn Sie schon gehen müssen, scheiden Sie wenigstens stilvoll aus dem Leben. Das Wartezimmer ist nicht so. Die Sessel sind eine bunte Mischung, speckig, wo Köpfe und Hände ruhen. Es ist sogar ein Küchenstuhl mit einem roten Plastiksitz dabei. Und als Lesestoff bringt der alte Schienbein seine zerfledderten Fischerei-Zeitschriften mit: *Welcher Wurm?*, diese Art Blätter. Ich weiß gar nicht mehr, warum er Schienbein heißt. Normalerweise benennen wir unsere Ärzte nach ihren Fachgebieten, und er hat nichts mit Orthopädie zu tun. Es muss daran liegen, wie seine Patienten aussehen: dass sie immer dünner und spitzer werden. Wenn sie zum ersten Mal kommen, sind alle noch derb und gerötet, wandelnde Polsterkissen in Tweed und Cashmere: und dann sehen wir, dass sie zu schwach sind, die Treppe hinaufzukommen.

Als Gegensatz dazu haben wir Drüse, die Endokrinologin im obersten Stock. Drüse ist fettleibig, erstaunlich fettleibig, und keucht beim Gehen. Sie behandelt Frauen gegen die Auswirkungen von prämenstruellem Syndrom und Wechseljahren: gibt ihnen Hormone, die sie fett machen. Wenn sie kommen, sind sie normal, ein bisschen dünn vielleicht, mit zitternden Händen, allenfalls ganz leicht gewalttätig und wahnsinnig, und ein paar Monate später sind sie trunken und aufgekratzt, schlingern und schnaufen, mit fettem Doppelkinn und geschwollenen Füßen, die verrückten Augen in neuem Fleisch versunken. Ich nehme an, das ist Drüses Rache an der Welt. Ich wohne, wie ich schon sagte, in einer kleinen Höhle mit einer Öffnung zum Korridor hin, einer Art Dienstluke. Bettina sagt, es ist hier wie am Piccadilly Circus. Sie denkt, der Ausdruck ist originell. All unsere Teilzeitärzte kommen herein- und herausgestapft, stecken die Köpfe durch die Luke und sagen Dinge wie: »Miss Todd, es ist nicht richtig geputzt.«

»Ach, tatsächlich?«, sage ich. Ich greife in meinen Schrank und ziehe einen Lappen hervor. »Herr Doktor«, sage ich, »darf ich Sie mit Staubtuch bekannt machen? Staubtuch – das ist der Herr Doktor. Sie werden in Zukunft eng zusammenarbeiten.«

Das Putzen, das wird Ihnen bewusst sein, gehört nicht zu meinen Aufgaben. Das machen Mrs Ranatunga und ihr Sohn Dennis nachts, wenn ich nicht hier bin, um sie zu beaufsichtigen. Mr Schmier, der Gynäkologe, der Chef von Mrs Bathurst, wird besonders unausstehlich, wenn sein Schreibtisch nicht glänzt und funkelt. Sie wollen kein Geld ausgeben, unsere Ärzte, verstehen Sie, wollen aber dennoch den roten Teppich und erwarten Ehrerbietung von mir, wie von ihren Studenten. Mr Schmier ist ein ehrgeiziger Mann, sagt Mrs Bathurst, er arbeitet ständig. Er wohnt in Staines, ganz in meiner Nähe, natürlich weit stilvoller, und abends nimmt er Abtreibungen in einer Klinik in Slough vor. Manchmal, wenn er seine Post bei mir abholt, sage ich: »Oh, sehen Sie nur, Herr Doktor! Ihre Hände sind schmutzig.« Dann wirkt er beleidigt und hält sie in die Höhe. Aber ja, sage ich, dort und dort. Es ist amüsant zu sehen, wie er sie anstarrt und die Manschetten nach Blutflecken absucht. Ich verhalte mich moralisch, wissen Sie. Ich werde nicht gut bezahlt, aber den Luxus gönne ich mir.

Unser anderer Vollzeitarzt ist Schnapper, den ich schon erwähnt habe. Er hat sein eigenes kleines Wartezimmer, in das er seine Patienten setzt, während die Spritzen zu wirken anfangen. Sein Trick besteht darin zu warten, bis er einen in seinem Stuhl sitzen hat, einen taublippigen Gefangenen mit dem Mund voller Finger, und sie dann mit seinen Ansichten zu überziehen. Pakis raus, solche Dinge, mit all der Differenziertheit, die man von einem Mann mit einem akademischen Grad erwarten sollte. Ich schicke seine Patienten anschließend zurück in die Welt, mit schief hängenden Gesichtern und wie Bomben zischenden Hirnen. Würden sie ihm widersprechen, wenn sie in der Lage wären, sich frei zu äußern? Beim nächsten Mal könnte er ihnen wehtun.

Eines, was für Schnapper spricht: Er ist nicht so gierig wie die anderen. Wie ich schon sagte, hat er Mrs Bathurst zu einem reduzierten Tarif behandelt.

»Haben Sie Schwierigkeiten mit Ihren Zähnen, Mrs Bathurst?«, fragte Bettina in ihrem gewohnten Ton, überbordend und schwärmerisch.

Mrs Bathurst sagte: »Als Mädchen musste ich eine Spange tragen. Seitdem ist mein Zahnfleisch empfindlich.« Sie hob die Hand, als wollte sie sich einen Tropfen Blut von der Lippe wischen. Sie hat lange Finger und schrecklich stumpfe, abgenagte Nägel. Ich dachte, es ist offensichtlich. Sie ist eine von denen, die nicht gern über ihre Vergangenheit reden.

Ich erinnere mich noch an den Tag, als Mrs Bathurst hier durch die Tür trat, ihren Lebenslauf in der Tasche: eine Frau unbestimmten Alters, blass, mit ergrauendem schwarzen, auf beiden Seiten mit Haarnadeln nach hinten gestecktem Haar. Sie trug ein dunkles Cape, das ihr wegen ihrer Größe gut stand. Den ganzen Sommer über trug sie es: Im August starrten die Leute sie an. Vielleicht hatte es einmal zu ihrer Tracht gehört, als sie Schwester im Krankenhaus war. Es gibt Dinge, die wirft man nicht weg, weil sie zu gut sind.

Erst Ende Juni schenkte sie mir ein Lächeln und sagte: »Nennen Sie mich Liz.« Ich versuchte es, fühlte mich aber nicht wohl dabei. Für mich, fürchte ich, wird sie auf ewig Mrs Bathurst bleiben. Trotzdem gefiel es mir damals, dass sie sich ein gutes Verhältnis zu wünschen schien. Ich hatte ein paar Probleme privater Natur, wissen Sie – das hier im Einzelnen zu vertiefen, wäre zu kompliziert –, und wahrscheinlich suchte ich nach einer älteren Frau, nach jemandem, dem ich mich anvertrauen konnte.

Eines Abends sagte ich, kommen Sie, gehen wir aus! Ich schleppte sie in ein kleines französisches Lokal, in das ich immer mit meinem Freund gegangen war. Es ist ein Kleinod, altmodisch, sehr günstig und wahrscheinlich der letzte Ort in ganz London, wo die Kellner noch auf Pariser Art authentisch unfreundlich sind. Ich kann nicht behaupten, dass der Abend besonders entspannt verlaufen wäre. Mrs Bathurst schien nicht an ihrem Essen interessiert zu sein; sie saß auf der Stuhlkante, starrte den vorbeieilenden Kellnern hinterher und schnüffelte. Als am Nebentisch Tatar bestellt wurde, sah sie mich an: »Essen Leute so etwas?«

»Offenbar schon.«

»Was«, sagte sie, »alle?«

»Wenn es ihr Fall ist …«

»Verstehe«, sagte sie und runzelte die Stirn. »Ich wusste gar nicht, dass man das bekommen kann.«

»Sie haben nie wirklich gelebt«, sagte ich.

»Oh, doch«, sagte sie, »das habe ich.«

Die Rechnung kam, und ich sagte: »Ich lade Sie ein … Wirklich, Liz, ernsthaft.« Gut, danke, sagte sie, zerrte ihr Cape vom Haken bei der Tür und flatterte hinaus.

Ich wollte sie mögen, wissen Sie, aber sie gehört zu den Menschen, die eine Freundschaft nicht einfach so annehmen können. Bettina schien sie mehr zu beeindrucken, obwohl die beiden, soweit ich es erkennen konnte, nichts gemein hatten. Bettina kam jammernd zu mir: »Diese Frau hängt ständig bei mir im Keller herum.«

»Und was macht sie da?«

Bettina schob die Lippen vor. »Sie will mir helfen.«

»Das ist kein Verbrechen.«

»Glaubst du, sie ist lesbisch?«

»Woher soll ich das wissen?«

»Ich habe gesehen, wie du mit ihr Tee getrunken hast.«

»Ja, aber Himmel noch eins … Egal, sie ist eine Mrs, oder?«

»Oh, eine Mrs«, sagte Bettina verächtlich. »Wahrscheinlich stimmt es gar nicht, und sie denkt nur, so wirkt sie respektvoller.«

»Respektabler, meinst du.«

»Jedenfalls heiraten Lesbierinnen oft.«

»Ja?«

»Eindeutig.«

Ich sagte: »Ich verneige mich vor deiner Lebensweisheit.«

»Guck sie dir doch mal an!«, sagte Bettina. »Mit der stimmt was nicht.«

»Die Schilddrüse?«, sagte ich. »Könnte sein. Dünn, wie sie ist. Und ihre Hände zittern.«

Bettina nickte. »Vorstehende Augen. Hmm. Könnte sein.«

Sie tun mir beide leid. Bettina ist auf einer Art Grand Tour und verdient sich ihren Weg um die Welt. Sie wird den Leuten noch in verschiedenen europäischen Städten Blut abnehmen und dann nach Hause fliegen und sich niederlassen, sagt sie. Mrs Bathursts Verwandte leben alle im Ausland, und sie bekommt sie nie zu sehen.

Nach unserem gemeinsamen Essen – eine Katastrophe, wahrscheinlich mein Fehler – hätte ich etwas anderes vorgeschlagen, einen Film anzusehen, irgendetwas – aber ich wohne, wie gesagt, in Staines, fünfunddreißig Minuten von Waterloo, und Mrs Bathurst ist kürzlich aus Highgate nach Kensal Green gezogen. Wie ist es da?, habe ich sie gefragt. Es ist ein Loch, hat sie geantwortet. Im Hochsommer hat sie sich zwei Wochen lang freigenommen. Sie wolle eigentlich nicht, sagte sie, ihr graue geradezu davor, aber Schmier fahre zu einem gesponserten Kongress, bei dem sie nicht erwünscht sei.

An ihrem letzten Arbeitstag saß sie bei mir in meiner Höhle, das Gesicht in den Händen vergraben. »Mrs Bathurst«, sagte ich, »vielleicht ist London nicht das Richtige für Sie. Es ist nicht … Ich finde selbst auch nicht, dass es ein angenehmer Ort ist, nicht für alleinstehende Frauen.« Ganz besonders nicht – aber das sprach ich nicht aus – für Frauen, die in Ihr Alter kommen. Nach einer Weile, vielleicht hatte sie über meine Worte nachgedacht, nahm sie die Hände vom Gesicht.

»Weiterziehen«, sagte sie, »das ist es. Alle ein, zwei Jahre weiterziehen. So lernt man ständig jemanden kennen, oder?«

Ich fühlte mich ihr nah und schrieb ihr meine Adresse auf. »Kommen Sie mich besuchen, wann immer Sie mögen. Ich habe ein Sofa, Sie können auch bei mir übernachten.«

Sie wollte den Zettel nicht nehmen, aber ich drückte ihn ihr in die Hand. Was für kalte Finger sie hatte: kalt wie alte, vergrabene Steine. Ich revidierte meine Meinung über den Zustand ihrer Schilddrüse.

Sie kam natürlich nicht. Es störte mich nicht und stört mich heute, im Lichte dessen, was ich über sie weiß, umso weniger, doch ich fragte sie absichtlich nicht, wie sie ihre Ferien verbracht habe. An ihrem ersten Tag wirkte sie erschöpft, und ich fragte: »Was ist denn? Arbeiten Sie auch noch schwarz?«

Sie ließ den Kopf hängen, kaute auf ihrer Lippe herum und wandte ihr großes, blasses Gesicht zur Seite. Manchmal ging sie mir auf die Nerven, dann war es, als verstünde sie kein Englisch, all die Dementis und Schlagworte, denen wir uns gegenübersehen, wir alle, woher wir auch kommen. »Jedenfalls«, sagte ich, »haben Sie die ganze Aufregung verpasst, Mrs Bathurst. Vor einer Woche ist hier eingebrochen worden.« Bei meiner Ankunft morgens waren Mrs Ranatunga und Dennis noch da. Mrs Ranatunga war in Tränen und verdrehte ihren Putzlappen zwischen den Händen. Draußen stand ein Polizeiwagen.

»Weiß man, wer es war?«, sagte Mrs Bathurst. »Ging es um Medikamente?«

»Ja, der Meinung ist jedenfalls Schienbein. Sie müssen geglaubt haben, hier reiche Beute machen zu können. Den Keller haben sie komplett auf den Kopf gestellt, alles lag voller Scherben. Die Kühlschranktür haben sie praktisch abgerissen und Bettinas Proben mitgenommen. Was könnten sie damit vorgehabt haben? Was können sie mit Blutproben anfangen?«

»Keine Ahnung.« Mrs Bathurst schüttelte den Kopf, als überstiege das, wozu die Menschen fähig waren, ihr Fassungsvermögen. »Ich gehe hinunter und drücke Bettina mein Mitleid aus«, flüsterte sie. »Das arme kleine Ding. Was für ein Schock.«

Eines Samstags nach einem langen Morgen in der Harley Street dachte ich, ich bleibe in der Stadt und gehe einkaufen. Gegen zwei Uhr hatten die Hitze und das Gedränge mich geschafft. Ich setzte mich in einen Rundfahrtbus, tat so, als spräche ich nur Finnisch, und legte die Beine auf den leeren Sitz neben mir. Ferner Donner lag in der Luft, und die Hitze war stickig und schwül. Auf Verkehrsinseln und in Parks saßen benommene Touristen. Die Bäume sahen nassgrün aus, das Laub hing in Klumpen herunter und bewegte sich schwer und träge. In der Nähe des Buckingham Palace sah ich ein Geranienbeet, das so scharlachrot war, als hätte die Erde die Blüten hervorgeblutet. Ich sah Wachen mitfühlend dahinwelken und in Ohnmacht fallen.

Nachts im Traum war ich in der Harley Street. Es war Montag – ein typischer Traum von jemandem, der die ganze Woche über arbeitet. Ich kam oder ging, der Bürgersteig war voller Flecken – die Sonne ging auf oder unter –, und ich sah, dass sämtliche Geländer der Straße spitz zugefeilt waren. Eine Frau lief neben mir her, völlig synchron mit mir. Ich sagte, sehen Sie doch, was sie mit den Geländern gemacht haben. Ja, das sind üble Spitzen, sagte sie, und dann kam eine große Hand und drückte mich dagegen.

Am nächsten Tag fühlte ich mich wie gerädert. Ich verpasste meinen gewohnten Zug und kam mit zwölf Minuten Verspätung in Waterloo an. Zwölf Minuten, was war das schon, verglichen mit der Länge eines Lebens? Der Beginn eines schlechten Tages, das war es, denn anschließend kam das Gedränge in der Bakerloo Line, und im Bahnhof Regent's Park funktionierten die Aufzüge nicht. Als ich es nach oben geschafft hatte, setzte ich zu einem Sprint an, sonst würden Schmier und Schienbein den Kopf durch meine Luke stecken und mit den Fingern auf ihre Uhren klopfen: Oh, wo ist denn Todd? Ich bog in die Harley Street, und wen sah ich da? Nur Liz Bathurst, die den Bürgersteig entlangschlich. Ich holte sie ein und legte ihr eine Hand auf den Arm: So spät, Mrs Bathurst! Das sieht Ihnen aber gar nicht ähnlich! Nicht geschlafen, sagte sie. Keine Ruhe gefunden. Sie auch nicht?, sagte ich. Mein Traum war weggespült, und ich zerschmolz vor Mitgefühl. Sie nickte. Die ganze Nacht kein Auge zugetan, sagte sie.

Drei, vier, fünf Sekunden später fühlte ich plötzlich Ärger in mir aufsteigen. Ich kann es nicht anders ausdrücken. Gott weiß, wie sehr Bettina mich zermürbt, so liebenswürdig und dumm, wie sie ist, und auch die Ärzte, doch in diesem Moment begriff ich, dass Mrs Bathurst mich noch mehr zermürbte. »Liz« – ich fuhr sie an, ich gebe es zu – »warum laufen Sie eigentlich so herum? Dieses Cape, können Sie das Ding nicht in den Müll werfen? Verbrennen Sie es, vergraben Sie es oder verkaufen Sie es auf dem Flohmarkt. Verdammt noch mal, Sie deprimieren mich. Gehen Sie zum Friseur. Kaufen Sie sich eine Nagelfeile und machen Sie sich die Nägel.«

Meine Nägel?, sagte sie. Zum Friseur? Sie sah mich an, bleich und unschuldig wie der Mond. Und dann, ohne jede Vorwarnung – da wurde mir klar, dass ich sie beleidigt hatte –, ging sie auf mich los, holte aus und rammte mir die Faust zwischen die Brüste. Ich fuhr zurück, schlug gegen das Geländer hinter mir und spürte, wie sich das Eisen in mein Fleisch drückte, eine Stange gegen das Rückgrat und je eine weitere gegen die Schulterblätter. Mrs Bathurst flog die Straße hinunter.

Ich fuhr mit den Händen hinter mich und umfasste einen Moment lang diese üblen, abblätternden Zacken: hebelte mich von ihnen weg und stolperte ihr hinterher. Hätte ich auch nur einen

Hauch Vertrauen in unsere Ärzte gehabt, hätte ich womöglich einen von ihnen gebeten, sich meine Schwellungen anzusehen. Aber ich beließ es dabei, mich erschüttert zu fühlen. Und schäbig, weil ich so grob gewesen war – meine Müdigkeit war der Grund.

Den ganzen Tag über kam ich mir wund vor. Die Geräusche im Haus wirkten seltsam verstärkt. Wenn die Ärzte herein- und hinausschlurften, konnte ich ihre Schuhe über die Teppiche kratzen hören. Ich hörte Drüse keuchen und schnaufen, das Knurren ihrer Patienten und das Seufzen der Frauen auf Schmiers Stuhl, wenn er seinen goldenen Spiegel in sie drückte, Mrs Bathurst an seiner Seite. Ich hörte das Jammern und Mahlen von Schnappers Bohrer und das Klimpern seiner stählernen Instrumente auf den stählernen Tabletts.

Ich fragte Bettina: Ist heute Mittwoch? Ja, sagte sie. Sie war so dumm, dass sie es für eine normale Frage hielt. Ah, sagte ich, dann hat Dr. Lobotomie heute Sprechstunde, von 14:30 Uhr bis 20:30 Uhr, erster Stock, zweite Tür links. Ich glaube, ich lasse mir das Gehirn operieren, ein schweres Beruhigungsmittel geben oder sonst was. Ich war heute wirklich ekelhaft zu Mrs Bathurst. Ich habe sie ausgelacht, weil sie immer dieses Cape trägt.

Bettina zog die Winkel ihres Erdbeermunds hinunter, und ihre großen hellen Augen, unreife Früchte, traten unverständig hervor. »Ich weiß, es ist altmodisch«, sagte sie. »Aber belustigend finde ich es eigentlich nicht.«

Hätte ich in diesem Augenblick begreifen müssen, dass sie sich zusammengetan und mich im Regen hatten stehen lassen? Mir fehlte in diesem Sommer die Einsicht, so würde Lobotomie es ausgedrückt haben. Obwohl, wenn die Patienten hereinkommen, scheine ich ihnen bis auf die Knochen sehen zu können. Ich höre ihre Herzen flattern, höre ihre Atmung, ihre Verdauung, kann ihren Grundumsatz einschätzen und sagen, ob sie an Weihnachten noch bei uns sind. Jetzt haben wir September, und ich fühle mich immer noch von London zermürbt. Mir ist heiß, ich bin verschwitzt, wenn ich zurück nach Staines komme, und sehne mich nach einem Bad oder einer Dusche. Zum Trost pflege ich diese Vorstellung in meinem Kopf: Eines Tages ziehe ich weiter aus der Stadt. An einen Ort, der gerade groß genug für mich ist. An einen kleinen, ruhigen Ort.

Am nächsten Tag kaufte ich auf dem Weg durch Waterloo einen Strauß Lilien. Ich drückte ihn Mrs Bathurst in die Hand. »Tut mir leid«, sagte ich. »Wegen der groben Bemerkungen gestern.« Sie nickte abwesend und ließ die Blumen auf dem Tisch im Korridor zurück, ohne sie in eine Vase zu stellen. Ich selbst konnte es kaum tun, oder? Abends gingen sie und Bettina gemeinsam aus dem Haus. Dabei nahm sie die Blumen völlig beiläufig mit. Ich werde nie erfahren, ob sie den Strauß mit nach Hause genommen oder in den nächsten Mülleimer geworfen hat.

Am nächsten Tag kam Bettina aus dem Keller herauf. Sie stand in meiner Tür und lehnte sich gegen den Rahmen. Sie wirkte leicht mitgenommen und undeutlich, als wäre ihr Umriss verschwommen. »Ich würde gern mit dir reden«, sagte sie.

»Natürlich«, antwortete ich ziemlich kalt. »Hast du Probleme?«

»Nicht hier.« Sie sah sich um.

»Treffen wir uns um Viertel nach eins«, sagte ich und erklärte ihr den Weg zu dem kleinen französischen Lokal. Mittags ist es dort noch billiger.

Ich war vor ihr da und trank etwas Wasser. Ich glaubte nicht, dass sie kommen würde, dachte, sie hätte die Adresse verloren oder das Interesse. Ihre Probleme waren schließlich meistens leicht lösbar. Um halb zwei kam sie jedoch hereinstolziert, die Wangen verlegen gerötet und noch dunkler anlaufend, als der Kellner ihr die billige kleine regendichte Jacke abnahm. Er brachte die Karte, sie nahm sie entgegen, ohne sie anzusehen, schob sich den lockigen Pony aus der Stirn und brach, wie ich es hätte voraussagen können, in Tränen aus. Es war ein langer, schwieriger Sommer, und ich musste daran denken, was Mrs Bathurst über die Notwendigkeit weiterzuziehen gesagt hatte. Ich sagte: »Du wirst sicher nicht mehr lange bei uns bleiben, Bets, oder?«

Sie sah mir fest in die Augen. Es überraschte mich, diese großen blauvioletten Augäpfel eine Zielrichtung annehmen zu sehen. »Du begreifst es nicht, was?«, sagte sie. »Mein Gott, bist du denn völlig von gestern? Begreifst du nicht, dass ich Bathurst jetzt fast jeden Abend sehe?«

Sie sahen sich, so konnte man es sagen. Ich bewahrte ein äußerst umsichtiges Schweigen: Genau das sollte man tun, wenn man nicht genau weiß, was die Leute meinen. Dann tat sie etwas Komisches: Die Ellbogen auf den Tisch gestützt, legte sie sich die Hände auf den Nacken, schien sich den Haaransatz dort zu massieren und hob ihr rosenrotes Haar. Es war, als versuchte sie mir etwas zu zeigen. Nach einem Moment ließ sie das Haar zurück auf ihren kurzen weißen Nacken fallen. Sie zitterte, zog eine Hand langsam über die Schulter und erlaubte ihr, über ihre Brust zu streichen, ihre Brustwarze zu streifen. Einer der älteren Kellner kam vorbei und sah mich düster an, als sehe er etwas, das ihm nicht gefiel.

»Oh, komm schon, Bets, hör auf zu weinen.« Ich streckte die Hand aus und ließ sie einen Augenblick lang auf ihrer liegen: Okay, dann bist du eben so. Ich hätte es bereits merken sollen, als du in meine Höhle kamst, um über sexuelle Perversion zu kichern, oder? »Viele Menschen sind so, Bettina.«

»Oh, Himmel«, sagte sie. All ihre Süße war verschwunden, sie war vulgär, bleich und verschwitzt. »Es ist wie eine Sucht«, sagte sie.

»Es gibt Selbsthilfegruppen. Du kannst anrufen und um Rat für ein Coming-out bitten. Ich glaube eigentlich nicht, dass das heute noch ein Problem ist, besonders nicht in London. Es muss leicht sein, Menschen mit der gleichen … Orientierung zu finden.«

Bettina schüttelte den Kopf, den Blick auf die karierte Tischdecke gerichtet. Vielleicht dachte sie an ihre Familie zu Hause, an den Sittenkodex in Melbourne? »Betrachte es doch als … Vielleicht ist es ja nur eine Phase, durch die du gehst.«

»Eine Phase?« Sie hob den Kopf. »Etwas anderes fällt dir nicht ein, Todd? Ich bin jetzt für immer so.«

Meine Vorurteile beiseite lassend – was nicht leicht ist, und warum sollte es das auch sein? –, muss ich sagen, dass ich keine hohe Meinung von Mrs Bathurst habe, auch wenn sie als Arbeitskollegin in letzter Zeit weit angenehmer ist. Seit Bettina und sie zusammen sind, ist sie rege und voller Energie. Ihre Augen leuchten, und sie sieht mich ständig an. Ich denke, sie will wiedergutmachen, dass sie mich auf der Straße so angegriffen hat. Sie hat mich gefragt, ob ich sie am nächsten Wochenende besuchen kommen möchte. Ich weiß noch nicht, ob ich hinfahre. Kommen Sie auf einen Bissen, so hat sie es ausgedrückt.

Wie soll ich Sie erkennen?

Eines Sommers in den nutzlos ausklingenden Neunzigern musste ich London verlassen, um vor einer literarischen Gesellschaft von der Art zu sprechen, die schon zu Ende des vorangegangenen Jahrhunderts altmodisch gewirkt haben muss. Als der Tag kam, fragte ich mich, wie ich den Leuten nur hatte zusagen können, aber ein Ja ist eben leichter als ein Nein, und natürlich denkt man zur Zeit eines Versprechens, dass es nie so weit kommen wird: dass es vorher einen nuklearen Holocaust gibt oder sonst etwas dazwischenkommt. Im Übrigen empfand ich eine sentimentale Sehnsucht nach jenen lange vergangenen Tagen der Selbstveredelung. Die Leseclubs damals wurden von Tuchhandelsmeistern und ihren Verkäuferinnen-Frauen gegründet, von Verse schmiedenden Ingenieuren und treu sorgenden Ärzten, deren lange Winterabende mit etwas ausgefüllt werden wollten. Wer hält diese Clubs heute noch am Leben?

Ich führte zu der Zeit ein Wanderleben und mühte mich mit der Biografie einer Person ab, die ich nicht mehr mochte. Seit zwei, drei Jahren schon war ich in einem undankbaren Kreislauf gefangen, in dem ich hinter mir selbst aufräumte, einsammelte, was ich bereits einmal eingesammelt hatte, und es auf Computerplatten übertrug, die sich periodisch über Nacht löschten. Ständig war ich mit meinen Karteikarten, Büroklammern und den billigen Kladden unterwegs, in denen ich mir meine Notizen machte. Diese Kladden gingen leicht verloren, ich ließ sie in Taxis liegen, in den Gepäckablagen von Zügen oder warf sie mit Stapeln ungelesener Zeitungen vom Wochenende weg. Manchmal sah es aus, als wäre ich auf ewig dazu gezwungen, meinen eigenen Schritten zu folgen, zwischen Euston Road und den Zeitungssammlungen, die sich in jenen Tagen noch in Colindale befanden: zwischen dem regendurchtränkten Vorort Dublins, in dem meine Person das Licht der Welt erblickt hatte, und der nördlichen Industriestadt, in der er sich, zehn Jahre nachdem er nicht mehr von Nutzen war und auch nicht mehr zur Dekoration taugte, in einem Bahnhofshotel die Kehle durchschnitt. Ein »Unfall«, sagte der Coroner, aber es besteht der starke Verdacht einer Vertuschungsaktion, muss er sich für einen Mann mit Vollbart doch äußerst heftig rasiert haben.

Ich trieb in dem Jahr verloren dahin, ich bestreite es nicht, und da meine Tasche stets gepackt war, gab es keinen Grund, der literarischen Gesellschaft einen Korb zu geben. Sie bäten mich, sagten sie, ihren Mitgliedern eine schwungvolle Zusammenfassung meiner Recherchen zu geben, knapp auf meine drei frühen, kurzen Romane einzugehen und anschließend Fragen aus dem Publikum zu beantworten. Danach werde es eine Dankesrede geben (das Pathos verunsicherte mich ein wenig). Sie boten mir ein bescheidenes Honorar an (die Summe wurde genannt) und wollten mich in der Pension Rosemount einquartieren. Das Haus sei ruhig gelegen, und sie würden mir, hieß es verheißungsvoll, ein Foto schicken.

Das Foto kam mit dem ersten Brief des Sekretärs. Er war mit einer Maschine, die das »h« in die Höhe springen ließ, in doppeltem Zeilenabstand auf ein kleines blaues Blatt getippt worden. Ich hielt das Foto ins Licht und sah mir meine Herberge an. Es gab die Andeutung eines Tudor-Giebels, ein Erkerfenster und etwas wilden Wein, der allgemeine Eindruck war jedoch eher verschwommen, die Pigmente verliefen ineinander, und der Rand war leicht speckig, als könnte die Pension eines jener Geisterhäuser sein, die manchmal an einer Straßenbiegung auftauchen, nur um gleich wieder wegzuschmelzen, wenn der Reisende sich ihnen nähert.

So war ich nicht überrascht, als eine Woche vor meinem Auftritt ein weiterer blauer Brief mit aufstoßenden *h* kam, um mir mitzuteilen, die Pension Rosemount werde renoviert und man müsse mich im Eccles House unterbringen, das sehr günstig gelegen und, wie man höre, durchaus angesehen sei. Wieder hatten sie ein Foto beigelegt. Eccles House war Teil einer langen, weißen Reihenhauskette, vier Stockwerke hoch und mit zwei überraschten Dachfenstern. Es rührte mich, dass sie das Gefühl hatten, mir meine Unterkunft mit einem Foto vorstellen zu sollen. Mir war es nicht wichtig, wo ich übernachtete, solange ich es sauber und warm hatte. Natürlich war ich schon oft in Etablissements gelandet, die weder das eine noch das andere waren. Im Winter zuvor hatte ich eine Nacht in einem Gästehaus am Rand von Leicester verbracht, in dem es so abstoßend roch, dass ich mich, als ich im Morgengrauen erwachte, gleich anziehen und das Zimmer verlassen musste. Lange bevor sonst jemand aufwachte, setzte ich meine Stiefel auf den glitschigen, nassen Bürgersteig und wanderte Kilometer um Kilometer an rau verputzten, geschwärzten Doppelhäusern entlang. Hier hatten die Mülleimer Räder, dafür waren die Autos auf Ziegeln aufgebockt. Am Ende jeder Straße wechselte ich auf die andere Seite und ging den Weg zurück, während sich die Einwohner der East Midlands hinter den dünnen Vorhängen in ihren Betten drehten und im Schlaf vor sich hin murmelten, hundert und noch mal hundert und wieder hundert Paare.

In Madrid dagegen hatte mich mein Verlag in einer Hotelsuite untergebracht, die aus vier kleinen, mit dunklem Holz vertäfelten Räumen bestand. Dazu schickten sie ein opulentes, ausladendes, stark duftendes Bukett aus riesigen Blumenrädern mit holzigen Stängeln. Das Hotel brachte mir schwere Vasen aus gräulichem Glas, die mir aus den Händen zu gleiten drohten. Blütenbeladen verteilte ich sie auf den freien Oberflächen, stolperte von Raum zu

Raum und fühlte mich wie eingesargt zwischen den braunen Vertäfelungen, verzweifelt, fremd und mit einem Pollenschleier bedeckt; ein Mensch, der seiner eigenen Beerdigung zu entfliehen versucht. In Berlin hatte mir der Mann an der Rezeption meinen Schlüssel mit den Worten gegeben: »Ich hoffe, Sie haben starke Nerven.«

In den Wochen vor meinem Termin fühlte ich mich gesundheitlich nicht gut. Da war ständig ein leichtes Schimmern am Rand meines Blickfelds, direkt links von meinem Kopf, als versuchte sich dort ein Engel zu zeigen. Ich hatte keinen Appetit, und meine Träume trugen mich in merkwürdige Hafenviertel und auf Schiffsbrücken, in heikle Strömungen und seltsame Gezeiten. Als Biografin war ich noch schwächer als gewöhnlich und vertauschte beim Entwirren der verhassten Abstammung meines Objekts Tante Virginie mit der, die den Mexikaner geheiratet hatte. Daraufhin kämpfte ich eine ganze Stunde lang mit einem sich drehenden Magen, weil ich dachte, sämtliche Datumsangaben wären falsch und ich müsste mein gesamtes zweites Kapitel neu schreiben. Am Tag vor meiner Abreise Richtung Osten kapitulierte ich vollständig, legte mich aufs Bett und drückte die Augen zu. Ich empfand weniger Melancholie als eine Art allgemeines Ungenügen, sehnte mich nach jenen drei kurzen, frühen Romanen mit ihrem spröden Personal und verspürte den Wunsch, selbst eine Romanfigur zu sein.

Die Reise verlief ereignislos. Mr Simister, der Sekretär der Gesellschaft, holte mich vom Bahnhof ab. Wie erkenne ich Sie?, hatte er am Telefon gefragt. Sehen Sie wie auf Ihren Buchumschlägen aus? Das tun Autoren nur selten, wie ich finde. Darauf kicherte er, als handelte es sich dabei um eine Bemerkung von höchstem Witz und Scharfsinn. Ich überlegte, und die kurze Pause ließ ihn fragen: Sind Sie noch da? Ich sehe wie auf den Fotos aus, sagte ich. Sie gleichen mir durchaus, nur dass ich natürlich älter geworden bin, im Gesicht schmaler, mein Haar ist weit kürzer und von einer anderen Farbe, und ich lächle nur noch selten so. Verstehe, sagte er.

»Und wie erkenne ich Sie, Mr Simister?«, fragte ich.

Ich erkannte ihn an den nervösen Falten auf seiner Stirn und dem Exemplar meines ersten Romans, *Ein Spielverderber zur Mittagszeit*, den er sich aufs Herz drückte. Er war in einen Mantel geknöpft. Es war Juni, aber das Wetter hatte etwas Winterliches. Ich hatte gedacht, dass er Schluckauf haben würde, wie seine Schreibmaschine.

»Nicht dass die Sache ins Wasser fällt«, sagte er, als er mich zu seinem Wagen brachte. Ich brauchte ein wenig, um zu verstehen, was er damit meinte. Unterdessen hebelte und knarrte er an den Sitzen herum, warf eine verdreckte Abendzeitung auf die Hundedecke hinten und wischte vage mit der Hand über den Beifahrersitz, als wollte er auf magische Weise Steinchen und Hundehaare davon entfernen. »Gehen Ihre Mitglieder bei Regen nicht aus dem Haus?«, sagte ich, als ich seine Worte endlich begriffen hatte.

»Das weiß man nie, das weiß man nie«, antwortete er, knallte meine Tür zu und schloss mich ein. Mein Kopf fuhr automatisch zurück in die Richtung, aus der ich gekommen war. So wie er das heutzutage öfter tut.

Wir fuhren etwa zwei Kilometer in Richtung Stadtmitte. Es war halb sechs, Berufsverkehr. Meinem Eindruck nach befanden wir uns auf einer Ausfallstraße, Lastwagen und Tanker rumpelten zu den Hafenanlagen hinaus, links und rechts standen kranke Setzlinge. Wir kamen zu einem riesigen grünen Kreisverkehr, Mr Simister nahm die fünfte Ausfahrt und versicherte mir: »Es ist jetzt nicht mehr weit.«

»Oh, gut«, sagte ich. Ich musste etwas sagen.

»Vertragen Sie das Reisen nicht?«, fragte Mr Simister bang.

»Ich war krank«, sagte ich, »die ganze letzte Woche.«

»Das tut mir leid.«

Er schien tatsächlich bekümmert, vielleicht fürchtete er, ich könnte ihm auf seine Hundedecke spucken. Ich wandte den Blick ab und sah auf die Stadt hinaus. An der breiten, geraden, viel befahrenen Straße gab es keine richtigen Geschäfte, sondern nur mit stählernen Rollläden verschlossene Fenster kleiner Firmen, und die schmierigen Scheiben in den oberen Stockwerken hingen voller neonfarbener Transparente, auf denen TAXI TAXI TAXI stand. Es schien eine Gegend freien Unternehmertums zu sein, mit Schuldeneintreibern, Massagesalons, Karosseriewerkstätten und Geldwäschern, Händlern in heruntergekommenen, von zweiter, dritter Hand vermieteten Büros, Läden für Billigflüge nach Miami und Bangkok sowie abgesperrten Höfen, in denen überzüchtete Terrier knurrten und Autos flott überspritzt wurden, bevor sie einen glücklichen neuen Besitzer fanden.

»Da wären wir.« Mr Simister hielt am Straßenrand. »Möchten Sie, dass ich mit hineinkomme?«

»Nicht nötig«, sagte ich und sah mich um. Ich war fern von allem, der Verkehr dröhnte vorbei. Es regnete jetzt, genau wie Mr Simister es vorausgesagt hatte. »Halb sieben?«, fragte ich.

»Achtzehn Uhr dreißig«, sagte er. »Genügend Zeit, um sich frisch zu machen. Oh, übrigens, wir haben uns einen neuen Namen gegeben. Die Buchgruppe. Was meinen Sie? Abnehmende Mitgliederzahlen, verstehen Sie, die Alten sterben.«

»Sie sterben?«

»O ja. Wir müssen uns verjüngen. Sind Sie sicher, dass ich Ihnen nicht mit dem Gepäck helfen soll?«

Eccles House war nicht wirklich das, was das Foto versprochen hatte. Von der Straße zurückgesetzt, schien es aus einem Parkplatz zu wachsen, einem Durcheinander von Autos in doppelten Reihen, das bis an den Rand des Bürgersteigs reichte. Es musste einmal eine Villa von einer gewissen Würde gewesen sein, doch was ich für Stuck gehalten hatte, war tatsächlich eine schnellbindende, auf die Fassade geklatschte Masse: grauweiß und zerfurcht wie ein offenliegendes Hirn oder von einem Riesen zerkautes Nougat.

Ich betrat die Stufen und sah, wie sich Mr Simister in den Verkehr drängte. Der Regen fiel dichter. Auf der anderen Straßenseite gab es einen Teppichhandel mit der Aufschrift ZIMMERGROSSE RESTBESTÄNDE auf einem fast über die gesamte Hausbreite reichenden Plakat. Ein deprimiert aussehender Junge in Regenkleidung verschloss den Laden gerade mit schweren Vorhängeschlössern. Ich sah die Straße hinauf und hinunter und fragte mich, was sie wohl als Essen vorgesehen hatten. Normalerweise entschuldigte ich mich an Abenden wie diesem, lehnte das Angebot eines »kleinen Essens« ab und täuschte vor, einen Anruf zu erwarten oder unter einem nervösen Magen zu leiden. Ich wollte nie länger als nötig mit meinen Gastgebern zusammen sein. Ich bin zwar kein nervöser Mensch, und es bereitet mir keine Schwierigkeiten, vor hundert Leuten oder mehr zu sprechen, aber das Reden hinterher laugt mich aus: die zwinkernde Heiterkeit, die »Buchgespräche«, die wie eine quietschende Angel an meinen Nerven zerren.

Also schlich ich mich davon, und wenn ich das Hotel nicht hatte überreden können, mir etwas auf einem Tablett aufzubewahren, ging ich aus und suchte mir ein kleines, dunkles, halbleeres Restaurant am Ende einer Einkaufsstraße, wo es einen Teller Pasta oder ein Schollenfilet gab, dazu eine halbe Flasche schlechten Wein, einen Dieselöl-Espresso und ein Gläschen Strega. Aber heute? Heute würde ich mich in jedes Arrangement fügen müssen, das sie für mich vorgesehen hatten. Weil ich keine Teppiche oder »persönlichen Dienstleistungen« essen und auch keinem Drogendealer-Hund seinen Knochen abschwatzen konnte.

Das Haar vom Regen geglättet, trat ich ins Innere des Hauses, hinein in den Gestank dieser Art Unterkunft. Sofort musste ich an meinen Besuch in Leicester denken, aber Eccles House spielte in einer eigenen Stickigkeitsklasse. Ich stand da und atmete vorsichtig ein – man muss schließlich atmen –, roch den Teer von zehntausend Zigaretten, das Fett von zehntausend Frühstücken, das leckende, metallene Sickerwasser Tausender Rasiermesserschnitte und den Maronenhauch nächtlicher Emissionen. Jeder dieser Gerüche, seit Jahrzehnten nicht auslöschbar, hatte sich tief in den schlaffen Chintz der Vorhänge und des scharlachroten Teppichs gefressen, der die enge Treppe hinaufführte.

Gleich fühlte ich meinen Schutzengel im Augenwinkel aufscheinen. Die Schwäche, die er mit sich brachte, das Migränepochen und die Übelkeit breiteten sich schnell im ganzen Körper aus. Ich hob die Hand und stützte mich an der tapezierten Wand ab.

Eine Rezeption schien es nicht zu geben, keinen Ort, an dem man sich eintragen musste. Wahrscheinlich wäre es völlig unsinnig: Wer stieg hier schon ab, der unter seinem richtigen Namen reiste? Das tat ich schließlich auch nicht. Manchmal kam ich ganz durcheinander – die Entwirrungen nach der Scheidung, Geschäftskontonamen, das Pseudonym, unter dem ich meine frühen Geschichten verfasst hatte und das tatsächlich der Name einer meiner Großmütter war … Wenn man sich auf dieses Geschäft einlässt, sollte man sicher sein, dass es einen Namen gibt, den man behalten kann: einen Namen, dem man sich zugehörig fühlt, ganz gleich, was geschieht.

Von irgendwoher – hinter einer Tür und noch einer Tür – war lautes männliches Lachen zu hören. Die Tür schloss sich, und das Lachen versiegte in einem Röcheln, das wie ein weiterer Geruch durch die Luft trieb. Dann griff eine Hand nach meiner Tasche. Mein Kopf fuhr zur Seite, und ich sah ein kleines Mädchen – ein

Mädchen, meine ich, im späten Teenageralter, eine winzige, gebeugte Person, der meine Tasche gegen den Schenkel schlug.

Sie sah auf und lächelte. Ihr gelbliches Gesicht trug einen Ausdruck verwilderter Süße. Die Augen waren groß und dunkel, der Mund bildete einen straffen Bogen, die Nasenlöcher schienen nach Witterung zu suchen. Der Hals wirkte wie verbogen, und die Muskeln rechts waren angespannt, als hielte ihn eine große, strafende Hand gepackt und wollte ihn nicht wieder loslassen. Der ganze Körper war klein und verdreht, eine Hüfte stieß vor: Ein Bein lahmte, der Fuß wurde nachgezogen. Das Mädchen hatte sich bereits in Bewegung gesetzt und schleppte meine Tasche zur Treppe.

»Lassen Sie mich die tragen.« Ich habe, wissen Sie, nicht nur die Notizen zum jeweiligen Kapitel dabei, an dem ich gerade arbeite, sondern auch mein aktuelles Tagebuch sowie die vorherigen, in spiralgehefteten DIN-A4-Kladden, die mein gegenwärtiger Partner nicht lesen soll, während ich unterwegs bin: Ich überlege sorgfältig, was geschehen würde, wenn ich auf einer Reise sterben sollte und einen Schreibtisch voller Textfetzen und unstrukturierter Recherchenotizen zurückließe. Deshalb ist meine Tasche zwar klein, aber bleischwer, und ich lief hinter der Kleinen her, um sie ihr aus den armen Händen zu ziehen, stellte dann aber fest, dass die scharlachrote, stinkende Treppe steil aufschoss und die Stufen hoch genug waren, um einen Unachtsamen zu Fall zu bringen. Eine scharfe Wende brachte uns auf den ersten Treppenabsatz. »Bis ganz nach oben«, sagte die Kleine und drehte dabei den Kopf, um mir über die Schulter zuzulächeln. Das Gesicht schwenkte in einen hässlichen Winkel, fast bis an die Stelle, wo ihr Hinterkopf gewesen war, und schon flitzte sie, sich auf die Seite ihres erhöhten Schuhs lehnend, schnell und krabbenartig in den zweiten Stock.

Sie hängte mich ab und entschwand mir. Im zweiten Stock war ich schon nicht mehr im Rennen. Auf dem Weg in den dritten Stock spürte ich wieder den Engel neben mir. Die Treppe war jetzt eher eine Leiter, der Gestank wirkte fester und klumpte in meiner Lunge. Ich war außer Atem und hielt inne. »Nur noch ein paar Stufen«, rief sie von oben, und ich stolperte weiter.

Sie öffnete die einzige Tür auf dem Treppenabsatz. Das Zimmer war ein Splitter: nicht einmal eine Mansarde, nur ein abgetrenntes Stück Gang. Es gab ein klapperndes Schiebefenster, einen öden Diwan mit einem braunen Bezug und einen kleinen braunen Sessel mit einer geknöpften Plüschlehne, die, wie ich gleich sah, mit einer Art grauem, staubigem Raureif überzogen war, Nabelflusen gleich, die sich hinter den Knöpfen verdickten. Mir war schlecht, von diesem Gedanken und dem Aufstieg. Die Kleine sah mich mit wackelndem Kopf und einem ungewissen Ausdruck an. In der Ecke stand ein Plastiktablett mit einem kleinen Wasserkocher aus vergilbtem Kunststoff. Gelbliche Weizenähren schmückten ihn. Es gab auch eine Tasse. »Das ist alles umsonst«, sagte sie. »Kostenlos. Im Preis inbegriffen.«

Ich lächelte und neigte gleichzeitig bescheiden den Kopf, als legte mir jemand eine Ehrenmedaille um den Hals.

»Es ist im Preis mit drin. Sie können sich Tee kochen. Sehen Sie doch.« Sie hob ein Tütchen mit Pulver in die Höhe. »Oder Kaffee.«

Sie hielt immer noch meine Tasche in der Hand, und als ich nach unten sah, stellte ich fest, dass ihre Hände groß und knöcherig und wie die eines Mannes mit kleinen, unbehandelten Kratzern bedeckt waren. »Es gefällt ihr nicht«, flüsterte sie und ließ den Kopf auf die Brust sinken. Es war keine Resignation, sondern ein Zeichen von Entschlossenheit. Schon war sie aus dem Zimmer, lief zur Treppe und drängte wieder nach unten, bevor ich Luft holen konnte.

Meine Stimme drang ihr hinterher. »Oh, bitte ... wirklich, nein ...«

Sie stürzte voraus, um die enge Biegung der Treppe herum. Ich folgte ihr, streckte den Arm nach ihr aus, aber sie entwischte mir. Ich schnappte nach Luft. Ich wollte nicht wieder nach unten, verstehen Sie, und dann vielleicht wieder hier hoch müssen. Obwohl ich da noch nicht wusste, dass mit meinem Herzen etwas nicht stimmte. Das habe ich erst in diesem Jahr herausgefunden.

Wir waren zurück im Erdgeschoss. Die Kleine zog einen dicken Schlüsselbund aus der Tasche. Wieder schallte ein galliges Lachen durchs Haus, das nicht zu lokalisieren war. Die Tür, die sie öffnete, war jedoch in jedem Fall zu nah an diesem Lachen, viel zu nah für mein inneres Gleichgewicht. Das Zimmer selbst war genau wie das andere, nur dass in ihm auch noch ein Küchengeruch hing, trügerisch süß, als läge eine Leiche im Schrank.

Was für einen langen Weg ich an diesem Tag doch zurückgelegt hatte, seit ich aus meinem Doppelbett gekrochen war, auf dessen anderer Seite ein Mensch mit leichtem Schlaf lag, der mir mitunter immer noch wie ein Fremder vorkam. Ich hatte London durchquert, war nach Osten gefahren, die Treppe hinauf- und hinabgestiegen und fühlte mich diesem stürmischen, bierigen Lachen unbekannter Männer viel zu nah. »Ich würde lieber …«, sagte ich. Ich wollte sie fragen, ob wir es nicht auf einer der mittleren Etagen probieren könnten. Aber vielleicht waren nur diese Zimmer frei? Es waren die anderen Gäste, die ich nicht mochte, der Gedanke an sie, und hier unten im Erdgeschoss war ich zu nah an der Bar, am Schlagen der Eingangstür, die Regen und Zwielicht hereinließ, zu nah am sich drängenden Verkehr draußen … Sie nahm meine Tasche. »Nein …«, sagte ich. »Bitte. Bitte nicht. Lassen Sie mich …«

Aber sie war schon wieder unterwegs und schwankte eilig über den scharlachroten Teppich; das Bein zog sie wie einen lange Zurückgewiesenen nach. Ich hörte sie über mir einatmen und zu sich selbst sagen: »Sie hat gedacht, es wäre noch schlimmer.«

Ich holte sie erst oben wieder ein. Sie lehnte in der Tür und ließ keinerlei Anzeichen von Anstrengung erkennen, nur dass ein Augenlid krampfartig zuckte. Der Mundwinkel hob sich synchron mit und zog die Lippe von den Zähnen. »Es ist gut«, sagte ich. Meine Rippen bebten vor Anstrengung. »Wir müssen uns keine anderen Zimmer mehr ansehen.«

Unversehens erfüllte mich Übelkeit. Der Migräne-Engel lehnte schwer auf meiner Schulter und rülpste mir ins Gesicht. Ich wollte mich aufs Bett setzen, doch die Höflichkeit verlangte anderes. Die Kleine hatte meine Tasche abgestellt und sah ohne sie noch schiefer aus. Ihre großen Hände hingen nach unten, ein Fuß scharrte über den Boden. Was sollte ich tun? Sie zu einer Tasse Tee einladen? Ich wollte ihr etwas Geld geben, konnte aber nicht sagen, was für solch eine Trageleistung angemessen war, und im Übrigen, dachte ich, gab es bis zu meiner Abreise sicher noch mehr, wofür ich ihr Dank schuldete. Vielleicht war es da besser, eine Gesamtrechnung aufzumachen.

Betrübt stand ich in der Tür und wartete auf Mr Simister. Meine Nase lief ein wenig. Endlich kam er, und ich sagte: »Ich habe Heuschnupfen.«

»Wir sind ganz in der Nähe«, sagte er und nach einer langen Pause: »Vom Veranstaltungsort.« Wir könnten zu Fuß gehen, meinte er. Ich wich in den Türeingang zurück. »Aber angesichts Ihrer Leiden ...« Ich schrumpfte innerlich zusammen. Was wusste er von meinen Leiden?

»Wobei ein Abend wie dieser«, fuhr er fort, »den Pollenflug einschränkt. Hätte ich gedacht. Etwas.«

Ich sollte meinen kleinen Vortrag an einem Ort halten, den ich nur als ausgediente Schule beschreiben kann. Es gab lange Korridore und diese polierten Schilder an den Wänden, auf denen Dinge stehen wie: »J. K. Rowling, Cantab. 1963«. Dazu kamen auch noch Reste von Schulgeruch – nach Putzmittel und Füßen. Hinweise auf einen aktuellen Schulbetrieb und tatsächlich noch vorhandene Schüler fanden sich keine. Vielleicht waren ja alle in die umliegenden Hügel geflohen und hatten ihre Schule der Buchgruppe überlassen.

Trotz des Regens kamen sie in heroischer Zahl: Es waren wenigstens zwanzig. Sie verteilten sich weit über die langen Reihen und hielten taktvoll Abstand voneinander: für den Fall, dass die Toten doch noch kamen. Einige schielten, andere gingen am Stock, viele hatten Bärte, auch die Frauen, und die jüngeren Mitglieder – selbst die, die zunächst normal und vernünftig erschienen – hatten einen glasigen, unscharfen Blick und dicke Pakete unter den Stühlen, die ich als Science-Fantasy-Romane erkannte. Diese Manuskripte, so wünschten sie es sich, sollte ich mitnehmen, lesen und ihnen anschließend kommentiert zurückschicken, alles »so, wie Sie Zeit haben, natürlich«.

Man kann jemanden einfach nur ansehen, man kann ihn aber auch auf die professionelle, unpersönliche Art ansehen. Ich setzte mich hinter meinen Tisch, nahm einen Schluck Wasser, blätterte durch meine Notizen, versicherte mich, dass mein Taschentuch am richtigen Ort war, hob den Kopf, ließ den Blick durch den Raum gleiten, versuchte mich in einer Art theoretischem Blickkontakt und schickte ein Lächeln vom linken zum rechten Rand des Publikums: Ich sah dabei sicherlich wie einer jener Wackeldackel aus, die man früher in Austin Maestros auf der Hutablage sitzen sah. Mr Simister hob sich auf die Füße – zu sagen, »er stand auf«, würde der beeindruckenden Leistung nicht gerecht werden, die es tatsächlich war. »Unserem Gast ging es in der letzten Woche nicht gut, was Ihnen so leidtun wird wie mir – Heuschnupfen –, also wird sie ihren Vortrag im Sitzen halten.«

Ich fühlte mich bereits wie eine Närrin, eine größere Närrin als nötig. Niemand blieb wegen Heuschnupfen sitzen. Aber ich dachte, gib niemals Erklärungen. Elegant ratterte ich durch meine Ausführungen, streute hier und da einen Scherz sowie zwei ganz und gar bemühte Anspielungen auf örtliche Gegebenheiten ein. Hinterher gab es die üblichen Fragen. Woher kam der Titel für mein erstes Buch? Was geschah nach dem Ende von *Zum Tee in Bedlam* mit Joy? Was waren, im Rückblick, wichtige Einflüsse, die mich geformt hatten? (Ich antwortete mit meiner gewohnten Liste obskurer, ja, nichtexistenter Russen.) Ein Mann in der ersten Reihe ergriff das Wort: »Darf ich fragen, was der Grund für Ihren Ausflug in den Bereich der Biografie ist, Miss Äh? Oder sollte ich Mrs sagen?« Ich lächelte schwächlich, wie ich es immer tue, und bot an: »Warum sagen Sie nicht einfach Rose?« Was zu einer kleinen Aufregung führte, da ich nicht so heiße.

Auf dem Weg zurück sagte Mr Simister, seiner Meinung nach sei der Abend ein ziemlich großer Erfolg gewesen, und ganz gewiss seien mir alle zutiefst dankbar. Meine Hände waren noch feucht von der Berührung der Science-Fantasy-Autoren, auf dem Bündchen meiner Bluse war ein Filzstiftfleck, und ich hatte Hunger.

»Nebenbei bemerkt, ich nehme an, Sie haben gegessen«, sagte Mr Simister. Ich sank tiefer in meinen Sitz. Ich wusste nicht, wie er Derartiges annehmen konnte, entschied mich jedoch auf der Stelle für das Verhungern. Alles war besser, als mit ihm eine Lokalität aufzusuchen, in der die Mitglieder der Buchgruppe unter der Tischdecke lauerten oder am Kleiderständer hingen, kopfüber wie Fledermäuse.

Ich stand im Flur des Eccles House und schüttelte ein paar Regentropfen von mir. In der Luft hing der durchdringende Geruch alten

Speiseöls. Das Essen war also vorüber: alle Pommes frittiert? Eine häusliche Smogschicht schwebte etwa auf Kopfhöhe. Aus den Schatten am Fuß der Treppe löste sich der Umriss des Mädchens. Es sah zu mir auf. »Wir haben hier normalerweise keine Damen«, sagte die Kleine. Ihre Zunge, begriff ich, war zu groß für ihren Mund. Da war ein Rascheln in ihrer Stimme, als riebe sich der Gott, der sie gemacht hatte, die trockenen Hände.

»Was machen Sie?«, sagte ich. »Warum sind Sie … Warum arbeiten Sie immer noch?«

Hinter einer halboffenen Tür schepperte es, ich hörte einen Schlag, Flaschen, die gegeneinanderstießen, eine Kiste wurde über den Boden geschoben. Eine Sekunde später rief jemand: »Mr Webley!«

Eine andere Stimme rief: »Scheiße, was ist denn jetzt schon wieder?« Ein kleiner schmutziger Mann mit einer Weste wankte aus einem Büro und ließ die Tür einen Spalt offen, sodass ein sich gefährlich zur Seite neigender Aktenstapel sichtbar wurde. »Ah, die Schriftstellerin!«, sagte er.

Ich war es nicht, die ihn gerufen hatte, doch ich reichte aus, um ihn verweilen zu lassen. Vielleicht glaubte er, der Pension Rosemount ihr Schriftstellergeschäft wegschnappen zu können. Er starrte mich an: ging eine Weile um mich herum: war nahe daran, an meinem Ärmel zu zupfen. Er hob sich auf die Zehenspitzen und reckte mir sein Gesicht entgegen.

»Alles angenehm?«, fragte er.

Ich wich einen Schritt zurück und trat auf das kleine Mädchen. Ich spürte, wie sich mein Absatz in ihr Fleisch drückte. Sie wand ihren zurückzuckenden Fuß unter meinem hervor, ohne ein Geräusch von sich zu geben.

»Louise«, sagte der Mann. Er saugte an seinen Zähnen. »Verpiss dich auf der Stelle«, sagte er.

Ich eilte die Treppe hinauf und blieb erst auf dem zweiten Treppenabsatz wieder stehen. Der ganze Abend nahm eine überhöhte, bedrängende Qualität an. Diese Männer namens »Sinister« und Webley, vielleicht kannten sie sich. Ich muss mich dieser einen Nacht in diesem Zimmer stellen, dachte ich, ohne Gesellschaft, und sehen, was für eine Bettwäsche sich unter der kackfarbenen Frottéplüschdecke verbirgt. Einen Moment lang war ich unsicher, ob ich hinauf- oder hinabgehen sollte. Wenn ich nichts aß, würde ich nicht schlafen können, aber da draußen war der Regen, eine mondlose Nacht in einer fremden Stadt, und ich war Kilometer vom Zentrum entfernt und hatte keinen Stadtplan. Ich hätte ein Taxi bestellen und dem Fahrer sagen können, er solle mich an einen Ort fahren, an dem ich etwas zu essen bekäme. So machen sie es in Büchern, aber im richtigen Leben nie, oder?

So stand ich also mit mir selbst debattierend da und sagte, komm schon, komm schon, was würde Anita Brookner tun? Dann spürte ich, wie sich etwas bewegte, über mir, nur eine leichte Luftbewegung im allgegenwärtigen Mief. Mein linkes Auge funktionierte kaum noch, und in der Welt seitlich meines Kopfes waren schartige Löcher, sodass ich den ganzen Körper drehen musste, um sicher zu sein, dass ich sah, was ich sah. Dort in der Dunkelheit stand das kleine Mädchen, direkt über mir. Wie? Mein armes, noch nicht diagnostiziertes Herz versetzte meinen Rippen einen hohlen Schlag, aber mein Kopf sagte kühl: eine Fluchttreppe? Ein Lastenaufzug?

Sie kam herunter, stumm, entschlossen, die ausgetretenen Stufen dämpften das Kratzen ihres Schuhs. »Louise«, sagte ich. Sie legte ihre Hand auf meinen Arm. Ihr zu mir aufschauendes Gesicht schien zu leuchten. »Er sagt das immer so«, murmelte sie. »Dass ich verschwinden soll.«

»Sind Sie mit ihm verwandt?«, fragte ich.

»O nein.« Sie wischte sich etwas Sabber vom Kinn. »Überhaupt nicht.«

»Haben Sie nie frei?«

»Nein, ich muss am Ende die Aschenbecher ausleeren, und in der Bar muss ich spülen. Sie lachen mich aus, die Männer. Sagen, hast du keinen Freund, Louise? Sie nennen mich ›Hüfti‹.«

Ich hängte meinen Mantel außen an den Schrank, bereit zum Aufbruch. Das ist eine Art, mich selbst aufzumuntern, die ich mir in dem Hotel in Berlin beigebracht habe. Meine Wangen brannten. Ich fühlte das Stechen der Beleidigungen, das tägliche Gekicher. Aber »Hüfti« schien noch ein zahmer Name, wenn man bedachte … Mir kam der fürchterliche Gedanke, dass sie eine Art Test darstellte. Ich war ein Reporter, der in einem Kriegsgebiet eine Waise findet, ein mit Flechten überzogenes kleines Mädchen, das in den Ruinen schreit. Soll er das einfach nur melden, oder soll er das kleine Wesen mitnehmen, es mit nach Hause schmuggeln, ihm Englisch beibringen und es im Umland von London aufwachsen lassen?

Die Nacht wurde, wie es vorauszusehen gewesen war, von lärmenden Auto-Alarmanlagen zerrissen, von Radiomusik aus anderen Zimmern und dem fernen Brüllen angeketteter Tiere. Ich träumte von der Pension Rosemount, deren Mauern um mich verblichen, deren Erkerfenster zu nichts zerschmolz. Einmal, während ich mich halbwach unter der schwammartigen Tagesdecke hin- und herwarf, glaubte ich, Gas zu riechen, fiel wieder in Schlaf und roch das Gas in meinem Traum. Und da war auch die Buchgruppe; ihre Mitglieder rollten unter dem Bett hervor, kicherten und verstopften die Ritzen um Fenster und Tür mit ihren zerrissenen Manuskriptseiten. Keuchend wachte ich auf. Eine Frage schwebte in der stinkenden Luft. Was war denn nun der Grund für Ihren Ausflug in den Bereich der Biografie, Miss Äh? Und wo wir schon dabei sind: Was war der Grund für den Ausflug ins Ausflügemachen? Was der Grund für den Grund?

Um halb sieben war ich unten. Der Himmel war heiter. Ich fühlte mich hohl in der Mitte und übel gelaunt. Die Tür stand offen, und das Licht wusch wie sonnenwarme Margarine über den Teppich.

Mein Taxi, wie immer im Voraus gebucht, um schnell wegzukommen, stand am Bordstein. Ich sah mich vorsichtig nach Mr Webley um. Im Inneren von Eccles House bildete sich bereits wieder ein feiner Dunst. Raucherhusten rasselte über die Gänge, lautes Räuspern war zu hören, das Spülen von Toiletten.

Etwas berührte meinen Ellbogen. Louise war geräuschlos neben mich getreten. Sie wand mir die Tasche aus der Hand. »Sie sind ganz allein heruntergekommen«, flüsterte sie staunend. »Sie hätten mich rufen sollen. Ich wäre gekommen. Wollen Sie Ihr Frühstück nicht?«

Es schien sie zu schockieren, dass jemand sein Essen nicht wollte. Gab Webley ihr etwas, oder ernährte sie sich von Resten? Sie hob den Blick, sah mich an und ließ den Kopf sinken. »Wenn ich Sie nicht zufällig gesehen hätte«, sagte sie, »wären Sie einfach gegangen. Ohne Auf Wiedersehen zu sagen.« Wir standen auf dem Bürgersteig. Die Luft war mild. Der Fahrer las seinen *Star*. Er sah nicht auf.

»Kommen Sie vielleicht einmal wieder?«, flüsterte Louise.

»Ich glaube nicht.«

»Ich meine, irgendwann?«

Woran ich keinen Zweifel hegte: Hätte ich ihr gesagt, sie solle in das Taxi steigen, hätte sie es getan. Schon wären wir davongefahren, ich völlig durcheinander, voller Angst vor der Zukunft, sie gelb und voller Vertrauen, die verrückten Augen ein einziges Leuchten, mit dem sie mich anstrahlte. Aber was dann?, fragte ich mich. Was tun wir dann? Und habe ich das Recht dazu? Sie ist erwachsen, so klein sie ist. Irgendwo hat sie eine Familie. Ich starrte sie an. Im hellen Tageslicht war ihr Gesicht gelbstockig, wie mit kaltem Tee gefärbt. Ihre breite, glatte Stirn war mit dunkleren Flecken überzogen, von der Größe und Farbe alter Kupfermünzen. Ich hätte heulen können. Stattdessen holte ich mein Portemonnaie aus der Tasche, sah hinein, nahm einen Zwanzig-Pfund-Schein heraus und drückte ihn ihr in die Hand. »Louise, kaufst du dir bitte etwas Schönes?«

Ich sah ihr nicht ins Gesicht, ich stieg einfach ins Taxi. Die Aura meiner Migräne war jetzt so stark, dass die Welt links von mir aufgehört hatte zu existieren. Nur gelegentlich blitzte es dort gelb auf. Mir war schlecht vor Entkräftung und moralischer Leere, doch als das Taxi sich dem Bahnhof näherte, wurde ich leicht satirisch, *faute de mieux*, und dachte, A S Byatt hätte sich mit Sicherheit besser geschlagen; nur will mir nicht einfallen, wie.

Am Bahnhof, nachdem ich den Fahrer bezahlt hatte, stellte ich fest, dass ich nur noch 1,50 Pfund besaß. Der Geldautomat war außer Betrieb. Natürlich hatte ich eine Kreditkarte, und hätte es einen Speisewagen gegeben, hätte ich im Zug frühstücken können. Es hieß dann aber, es gebe »einen Kioskwagen im hinteren Zugteil«, und fünf Minuten nachdem wir losgefahren waren, setzte sich ein Junge neben mich, einer der Söhne der Stadt, und aß einen grauen Fleischschwamm aus einer Pappschachtel, der seine Finger fettig glänzen ließ.

Zu Hause angekommen, warf ich meine Tasche in die Ecke, als ob ich sie hasste, und ging in die Küche. Der Abwasch vom Vorabend stand noch da, mit zwei Weingläsern. Ich aß einen trockenen Käse-Cracker direkt aus der Dose. Zurück an die Arbeit, dachte ich. Setz dich hin und tippe. Sonst stirbst du noch an Überdruss.

In den nächsten paar Wochen nahm meine Biografie einige unerwartete Wendungen. Tante Virginie und der Mexikaner tauchten ziemlich oft im Text auf. Ich begann Versionen zu schreiben, in denen die beiden miteinander durchbrannten und mein Objekt (deswegen) nie geboren wurde. Ich sah sie auf einer wilden Ehebrecher-Tour durch Europa reisen, begleitet vom Klirren zerschellender Gläser: Sie vertilgten die Champagnervorräte ganzer Badeorte und knackten die Bank von Monte Carlo. Ich schrieb, dass der Mexikaner mit dem gewonnenen Geld nach Hause fuhr und eine erfolgreiche Revolution anführte, mit Tante Virginie als einer Art La-Passionara-Gestalt, aber tanzend, als wäre Isadora Duncan plötzlich mit von der Partie. Es war alles ganz anders als in meinen früheren Romanen.

Im Frühherbst des Jahres, drei Monate nach meiner Reise in den Osten, kam ich auf dem Weg nach Hampshire, wo ich einen Vortrag in einer Bibliotheksfiliale halten sollte, an der Waterloo Station Station vorbei. Ich erwartete mittlerweile nichts mehr von der Gastronomie außerhalb Londons, und als ich mich von der Sandwich-Theke abwandte, ein Baguette in Händen, das ich vorsichtig mit nach Alton nehmen wollte, lief ein großer junger Mann in mich hinein und stieß mir mein Portemonnaie aus der Hand, das im hohen Bogen davonflog. Es war ein volles Portemonnaie, bis an den Rand mit Münzen gefüllt, die zwischen die Füße der vorbeieilenden Reisenden rollten und sprangen und sich rotierend und rutschend auf dem glatten Boden verteilten. Ich hatte Glück, denn die vom Eurostar heranströmenden Leute begannen zu lachen, jagten meinem kleinen Vermögen hinterher und sahen es als sportliche Herausforderung, jeden einzelnen Penny zu erwischen und einzusammeln: Vielleicht dachten sie, es sei eine Art umgekehrtes Betteln oder sonst eine Londoner Sitte, wie die Pearly Kings. Der junge Mann selbst hüpfte und drängte zwischen den europäischen Bei nen hindurch, und am Ende war er es, der eine Handvoll Münzen zurück in mein Portemonnaie leerte. Er tat es mit einem breiten Lächeln und drückte mir eine Sekunde lang beruhigend die Hand. Staunend sah ich in sein Gesicht: Er hatte große blaue Augen, wirkte scheu und doch selbstbewusst, war gut einen Meter achtzig groß und leicht gebräunt, stark, aber taktvoll und zuvorkommend. Sein indigoblaues Leinenjackett war kunstvoll zerknittert, das Hemd blendend weiß. Er war, alles in allem, so sauber, so süß, so golden, dass ich zurückwich, weil ich dachte, er müsse Amerikaner sein und kurz davorstehen, mich zu einem Kult zu bekehren.

In der Bibliothek fand ich eine ehrgeizige Anzahl Stühle – auf den ersten Blick zählte ich fünfzehn – zu einem Halbkreis angeordnet. Die meisten waren besetzt: ein stiller Triumph, oder? Ich schaltete nicht auf Autopilot, nur als die Diskussion auf meine Einflüsse kam, ließ ich etwas die Zügel schießen und erfand einen portugiesischen Schriftsteller, der, wie ich es ausdrückte, Pessoa wie einen Kasper wirken ließ. Der goldene junge Mann drängte sich immer wieder in meine Gedanken, und ich dachte, dass ich mit jemandem von seiner Art gern einmal ins Bett gegangen wäre, der Abwechslung halber. Stand nicht jedem eine Abwechslung zu? Aber er gehörte einer anderen Wesensart an, flog in einem anderen Flugzeug. Der Abend schritt voran, und ich begann mich kalt und entblößt zu fühlen, als pfiffe mir ein Wind durch die Knochen.

Ich saß noch ein Weile wach, in einem annehmbar bequemen Bett in einem annehmbar sauberen Zimmer, las *The Right Side of Midnight*, machte mir am Rand Notizen und fragte mich, wie ich je hatte denken können, dass die Leser es mögen würden. Meine Wangen glühten auf dem klumpigen Kissen, und die gewohnten Bilder des Versagens erfüllten mich, doch dann, etwa gegen drei Uhr, muss ich eingeschlafen sein.

Ich erwachte erfrischt aus traumlosem Schlaf: ein Apfelmost-morgen mit einer perlenden Schärfe in der Luft. Ich stand auf und war erfreut zu sehen, dass jemand die Dusche gesäubert hatte: Ich konnte es wagen, mich unter sie zu stellen, und tat es. Kaltes Was-ser lief mir über den Kopf. Meine Augen öffneten sich weit. Was war das? Ein Wendepunkt?

Ich stieg in den vollen Acht-Uhr-Zug, und es juckte mir bereits in den Fingern, mein Notizbuch herauszuholen. Kaum hatten wir den Bahnhof verlassen, schob ein grinsender junger Steward einen vollgepackten Teewagen den Gang herunter. Als sie seine Ginor-mous Harvest Cookies und seine in Zellophan verpackten Golden Toastie Crunches sahen, wedelten die Männer um mich herum mit ihren Exemplaren der *Financial Times*, begannen mit den Fingern zu zeigen und schwatzten aufgeregt. »Tee?«, rief der Steward. »Mit Vergnügen, Sir! Einen kleinen oder einen großen?«

Ich sah, dass der große einfach nur ein kleiner mit mehr Was-ser war, ließ mich jedoch mitreißen, erfüllt von der allgemeinen Gutmütigkeit. Ich holte mein Portemonnaie heraus, und als ich es öffnete, sah ich überrascht, dass die Köpfe der Königin ordentlich angeordnet waren und alle nach oben zeigten. Und war da nicht einer mehr als erwartet? Ich runzelte die Stirn. Meine Finger blät-terten durch die Scheine. Ich war mit achtzig Pfund von zu Hause weggefahren, und es schien so, als käme ich mit etwa hundert zu-rück. Ich war verblüfft (als der Steward mir meinen großen Tee gab), aber nur für einen Augenblick. Ich musste an den jungen Mann mit seinem breiten weißen Lächeln und dem aschblonden, gold-gesträhnten Haar denken, an die gebräunte Vollkommenheit seines festen Fleisches und die Anmut seiner Hand, als sie meine umfasst hatte. Ich schob die Scheine zurück, steckte das Portemonnaie weg und fragte mich: Welcher meiner Defekte war ihm zuerst aufge-fallen?

Das Herz versagt ohne Vorwarnung

September: Als sie anfing, Gewicht zu verlieren, hatte ihre Schwester zunächst gesagt, es mache ihr nichts aus. Je weniger von ihr, desto besser, sagte sie. Erst als Morna Haare wuchsen, ein feiner Flaum im Gesicht und in der hohlen Wölbung ihres Rückens, begann Lola sich zu beklagen. Bei Haaren hört der Spaß auf, sagte sie. Das hier ist ein Mädchenschlafzimmer und kein Hundezwinger.

Lolas Kummer war folgender: Morna war vor ihr geboren und hatte schon drei Jahre Luft verbraucht und Platz in der Welt eingenommen, den Lola hätte beanspruchen können. Sie glaubte, in das Schreien ihrer Schwester hineingeboren worden zu sein, ihr unablässiges *Ich-will, Ich-will*, ihr *Gib-mir, Gib-mir*.

Jetzt schrumpfte Morna, als hätte ihre Schwester sie mit einem Fluch belegt, damit sie verschwand. Sie sagte, wenn Morna früher nicht immer so gierig gewesen wäre, dann wäre es ihr jetzt nicht so ergangen. Sie wolle einfach immer alles.

Ihre Mutter sagte: »Du weißt überhaupt nichts, Lola. Morna war nie gierig. Sie war immer pingelig, was ihr Essen anging.«

»Pingelig?« Lola verzog das Gesicht. Wenn Morna etwas nicht mochte, tat sie es dadurch kund, dass sie es in Gestalt eines sauren Sabberns erbrach.

Es liegt am Einzugsbereich der Schule, dass sie in einem zu kleinen Haus wohnen und die Mädchen sich ein Zimmer teilen müssen. »Entweder Etagenbetten oder die mittlere Reife!«, sagte ihre Mutter. Sie hielt inne, durch die eigenen Worte in Verwirrung gestürzt. Oft bedeutete das, was sie sagte, etwas ganz anderes, aber das waren sie gewohnt. Der Beginn der Wechseljahre, sagte Morna. »Ihr wisst schon, was ich meine«, drängte ihre Mutter. »Wir wohnen unserer Zukunft zuliebe in diesem Haus. Es ist ein Opfer für uns alle, aber es wird sich auszahlen. Es hat keinen Sinn, jeden Morgen in einem hübschen eigenen Zimmer aufzustehen und in eine Abschaumschule zu gehen, in der die Mädchen auf den Toiletten vergewaltigt werden.«

»Gibt es das?«, sagte Lola. »Ich wusste nicht, dass es das gibt.«

»Sie übertreibt«, sagte ihr Vater. Er sagte nur selten etwas, und so ließen seine Worte Lola zusammenfahren.

»Ihr wisst, was ich meine«, sagte ihre Mutter. »Ich sehe sie um zwei Uhr nachmittags nach Hause trödeln, in der Schule können sie nicht bleiben. Sie haben Piercings. Drogen. Und sie mobben sich im Internet.«

»Das gibt es bei uns auch«, sagte Lola.

»Das gibt es überall«, sagte ihr Vater. »Was ein weiterer Grund ist, sich dem Internet fernzuhalten. Lola, hörst du mir zu?«

Den Schwestern wurde nicht länger erlaubt, einen Computer in ihrem Zimmer zu haben, wegen der Websites, die Morna gern besuchte. Da gab es Bilder von Mädchen mit über die Köpfe gereckten Armen, in einer Haltung wie gekreuzigt. Die Rippen standen weit auseinander, wie die Gitterstangen von Backrosten. Diese Websites erklärten Morna, wie man richtig hungerte, wie man es vermied, widerlich zu werden. Alles Essen wie Brot, Butter oder ein Ei war widerlich. Ein grüner Apfel oder ein grünes Blatt am Tag war erlaubt. Der Apfel musste giftgrün sein, das Blatt bitter.

»Für mich ist es ganz einfach«, sagte ihr Vater. »Kalorie rein, Kalorien raus. Sie muss nur den Mund aufmachen, das Essen hineinstecken und schlucken. Sag nicht, das kann sie nicht. Sie will nur nicht.«

Lola nahm einen eierschmierten Löffel vom Abtropfgitter und

hielt ihn ihrem Vater unter die Nase wie ein Mikrofon. »Gut, und wollen Sie dem noch etwas hinzufügen?«

Er sagte zu Morna: »Du kriegst nie einen Freund ab, wenn du wie ein Strich aussiehst.« Als Morna darauf sagte, sie wolle keinen Freund, schrie er: »Sag mir das noch mal, wenn du siebzehn bist.«

Ich werde nie siebzehn werden, sagte Morna.

September: Lola wünschte sich, dass sie einen neuen Teppich in ihrem Zimmer bekämen. »Vielleicht könnten wir auch einen Holzboden haben? Wäre es dann nicht leichter, ihr hinterherzuputzen?«

Ihre Mutter sagte: »Rede keinen Unsinn. Sie übergibt sich in der Toilette, oder? Meistens jedenfalls? Wobei es«, sagte sie eilig, »ja nicht mehr so schlimm ist.« Das mussten sie glauben: dass es mit Morna aufwärtsging. Abends konnte man hören, wie sie das einander sagten. Ewig redeten sie darüber hinter ihrer geschlossenen Schlafzimmertür. Lola lag wach und lauschte.

Lola sagte: »Wenn ich keinen neuen Teppich haben darf und auch keinen Holzboden, was dann? Vielleicht einen Hund?«

»Du bist so egoistisch, Lola«, rief ihre Mutter. »Wie können wir uns in einer Situation wie dieser ein Haustier anschaffen?«

Morna sagte: »Wenn ich sterbe, will ich in einem Wald begraben werden. Ihr könnt einen Baum pflanzen, und wenn er größer wird, könnt ihr ihn besuchen.«

»Ja, genau. Und ich bringe meinen Hund mit«, sagte Lola.

September: Lola sagte: »Das Einzige ist, dass ich ihr jetzt, wo sie so dünn ist, nicht mehr ihre Kleider klauen kann. Damit konnte ich sie immer am besten ärgern, jetzt muss ich mir was anderes überlegen.«

Das ganze Jahr über trug Morna Wolle, um ihre Schultern, Ellbogen und Hüften vor Kollisionen mit den Möbeln zu schützen, und auch um fett genug auszusehen, dass die Leute auf der Straße nicht mit den Fingern auf sie zeigten. Auch, weil ihr selbst im Juli noch kalt war. Aber der Winter kam früh für sie, und obwohl draußen die Sonne schien, hüllte sie sich in zusätzliche Schichten. Wenn sie sich zur Kontrolle auf die Waage stellen sollte, schien sie normal angezogen zu sein, hatte sich in Wahrheit aber zusätzliches Gewicht verschafft. Sie zog eine Strumpfhose über die andere. Jedes Gramm zählt, erklärte sie Lola. Sie musste jeden Tag gewogen werden. Ihre Mutter tat es, und sie versuchte Morna damit zu überfallen, aber Morna wusste immer, wann sie in Wiegelaune war.

Lola sah zu, wie ihre Mutter an Mornas Strickjacke zupfte und sie ihr auszuziehen versuchte, bevor Morna auf die Waage stieg. Sie rauften wie zwei kleine Kinder auf dem Spielplatz. Lola brüllte vor Lachen. Ihre Mutter zerrte an Mornas Ärmel, und die schrie: »Au, au!«, als würde ihr die Haut abgezogen. Ihre Haut war lose, wie Lola sah. Sie war ihr zu groß, wie die Schuluniform vom letzten Jahr. Das machte nichts, denn in der Schule hatten sie klar gesagt, dass sie Morna in diesem Halbjahr nicht haben wollten. Erst wieder, wenn sie über den Berg war und allmählich zu ihrem normalen Gewicht zurückfand. Weil das Ethos der Schule so sehr auf Wettbewerb gründete. Es hätte zu hohen Opferzahlen kommen können, hätten sich die Mädchen entschieden, mit Morna zu konkurrieren.

Nach dem Wiegen kam Morna zurück in ihr Zimmer und legte ihre Schichten ab, während Lola ihr vom unteren Bett aus zusah. Morna stellte sich seitwärts vor den Spiegel und bog die Rippen. Du kannst sie zählen, sagte sie. Nach dem Wiegen brauchte sie Bestätigung. Ihre Mutter hatte ihnen den großen Spiegel gekauft, weil sie dachte, Morna würde sich schämen, wenn sie sich darin sähe. Das Gegenteil war der Fall.

Oktober: In der Morgenzeitung gab es das Bild eines Skeletts. »Oh, sieh doch«, sagte Lola, »eine Verwandte von dir.« Sie hielt die Zeitung über den Frühstückstisch zu Morna hinüber, die mit ihrem Löffel an einem Stück Shredded Wheat herumstocherte, bis es beinahe auseinanderfiel. »Sieh nur, Mum! Sie haben eine Ur-Frau ausgegraben.«

»Wo?«, sagte Morna. Lola las mit vollem Mund vor. »›Ardi ist einen Meter zwanzig groß. Sie heißt Ardipithecus, kurz Ardi.‹ Die kurze Ardi!« Sie musste so prustend über ihren eigenen Witz lachen, dass ihr der Orangensaft aus der Nase tropfte. »Sie haben sie gerade erst entdeckt. ›Ihr Gehirn hat die Größe eines Schimpansenhirns.‹ Genau wie bei dir, Morna. ›Ardi wog etwa fünfzig Kilogramm.‹ Ich nehme an, das tat sie, wenn sie all ihre Felle trug und nicht nur ihre Knochen.«

»Hör auf, Lola«, sagte ihr Vater. Aber dann stand er auf und ging hinaus, das Handy in der Hand. Sein Frühstück blieb zurück, das schmutzige Messer, das er auf den Teller hatte fallen lassen, drehte sich wie die Nadel eines Kompasses und kam scheppernd zum Halten. Er war nicht mehr als ein Schatten in ihrem Leben. Er arbeite so viel, sagte er, um ihr kleines Haus in Gang zu halten, und sorge sich um die Zinszahlungen und das Auto, während *ihr* allein ihre verdammte Figur wichtig sei.

Lola sah ihm hinterher und kehrte dann zu der Ur-Frau zurück. »Ihre Zähne zeigen offenbar, dass sie Feigen gegessen hat. ›Sie ernährte sich auch von Blättern und kleinen Säugern.‹ Igitt, könnt ihr das glauben?«

»Lola, iss deinen Toast«, sagte ihre Mutter.

»Sie haben sie in Einzelteilen gefunden. Erst nur einen Zahn. ›Fossilienkundler haben ihre Spezies 1992 entdeckt.‹ Das ist knapp, bevor wir Morna entdeckt haben.«

»Wer hat sie gefunden?«, fragte Morna.

»Viele verschiedene Leute. Ich habe doch gesagt, sie haben sie in Einzelteilen gefunden. ›Die Arbeiten, an denen siebenundvierzig Forscher beteiligt waren, dauerten fünfzehn Jahre.‹«

Mit einem Blick zu Morna sagte ihre Mutter: »An dir habe ich auch fünfzehn Jahre gearbeitet. Fast. Und ich war dabei ganz allein.«

»»Sie konnte aufrecht gehen««, las Lola. »Wie du, Morna. Bis deine Knochen zerfallen. Du wirst aussehen wie eine alte Frau.« Sie stopfte sich ihren Toast in den Mund. »Nur nicht vier Millionen Jahre alt.«

November: Eines Morgens erwischte ihre Mutter Morna dabei, wie sie vor dem Wiegen einen Krug Wasser trank. Sie schrie: »Das kann dein Gehirn anschwellen lassen! Das kann dich umbringen!« Sie schlug ihrer Tochter den Krug aus der Hand, und er zerschellte auf dem Badezimmerboden.

Sie sagte: »Oh, sieben Jahre Unglück. Nein, warte. Das sind Spiegelscherben.«

Morna wischte sich mit dem Handrücken über den Mund. Man konnte die Knochen in der Hand sehen. Sie sei wie ein wissenschaftliches Studienobjekt, sagte Lola nachdenklich. Bald sei gar nichts Persönliches mehr an ihr. Sie wäre aufs rein Biologische reduziert.

Der ganze Haushalt war jetzt seit Monaten, seit einem Jahr, in gegenseitige Täuschungen verstrickt. Ihre Mutter machte Morna ein Rührei und mogelte einen Löffel Sahne mit hinein. Im Krankenhaus, in dem Morna gewesen war, hatte sie dick gebutterte Weißbrotscheiben mit gummiartigen dicken, gelben Käsestücken essen müssen. Stunde um Stunde saß sie vor ihnen, drückte das Brot zusammen und versuchte das ölige Fett herauszupressen. Sie sagten, probier doch etwas davon, Morna, und sie sagte: Lieber sterbe ich. Wenn ihr Gewicht unter einen gewissen Prozentsatz fiel, musste sie wieder eingeliefert werden. Im Krankenhaus standen sie bei ihr, bis sie aß. Die Mahlzeiten waren zeitlich festgelegt und mussten innerhalb einer bestimmten Zeitspanne eingenommen werden, sonst gab es Strafen. Die Schwestern sahen zu, um sicherzugehen, dass sie nichts in ihren Kleidern versteckte. In wie viele Schichten sie sich kleidete, wurde ebenfalls überprüft. In jedem Bad, in jeder Toilette gibt es eine Kamera, sagte Morna. Sie sahen es, wenn sie sich den Finger in den Hals steckte. Dann packten sie sie ins Bett. So viele Tage lag sie da, dass ihre Beine, als sie nach Hause kam, völlig verkümmert und weiß waren.

Die Gründerin der Abteilung, eine schottische Ärztin mit flammenden Idealen, teilte den Mädchen Gartenbeete zu und verlangte, dass sie ihr eigenes Gemüse anbauten. Einmal hatte sie ein hungerndes Mädchen junge Erbsen essen sehen, mit Schote und allem. Der Anblick hatte sie gerührt, der Anblick des Mädchens, wie es die aufgesprungenen Lippen weitete, das Grün hineinsteckte und mit einem zarten Lächeln zubiss. Wenn sie nur das gute Essen sähen, sagte sie, das aus Gottes guter Erde kommt.

Aber manchmal waren die Mädchen zu schwach zum Unkrautjäten, und sie kippten vornüber und fielen in ihre Beete. Dann wurden sie aufgesammelt, und die Erde wurde von ihnen abgewischt. Rechen und Hacken blieben verlassen liegen, wie Waffen auf einem Schlachtfeld, nachdem eine Armee geschlagen ist.

November: Ihre Mutter schimpfte, weil der Supermarkt ihre Bestellung nicht geliefert hatte. »Sie sagen, sie liefern innerhalb einer zweistündigen Zeitspanne, damit man sich darauf einstellen kann.« Sie öffnete den Gefrierschrank und wühlte darin herum. »Ich brauche Petersilie und gelben Schellfisch für den Fischauflauf.«

Lola sagte: »Der sieht dann aus, als hätte Morna ihn ausgespuckt.«

Ihre Mutter schrie: »Du herzloses kleines Miststück!« Eisdampf waberte um sie herum. »Du bringst das Elend in dieses Haus.«

Lola sagte: »Ach, wirklich?«

In der vergangenen Nacht hatte Lola Morna aus ihrem Bett rutschen sehen, eine wankende Kältesäule. Die Heizung war abgestellt, wie immer in der Nacht, da kein warmblütiger Mensch zu solch einer Stunde im Haus umherwandern sollte. Lola schob ihre Decke zur Seite, stand auf und folgte Morna auf den dunklen Treppenabsatz. Beide waren barfuß. Morna trug ein zerknittertes Nachthemd und sah aus wie ein Geist aus einer Geschichte von Edgar Allan Poe. Lola trug ihren alten Mr-Men-Schlafanzug, der für Kinder zwischen acht und neun Jahren vorgesehen war und an dem sie über alle Vernunft hinaus hing. Mr Lazy war fast aus dem Gewebe herausgewaschen und nur mehr ein bleicher Fleck auf dem geschrumpften Oberteil, das ihren kleinen runden Bauch sehen ließ. Die Hose reichte gerade noch bis halb über die Waden und hatte kein Gummi mehr, so dass Lola sie alle paar Schritte hochziehen musste. Es war Halbmond, und sie sah das Gesicht ihrer Schwester auf dem Treppenabsatz, bleich und verschattet wie der Mond, mit Kratern wie der Mond, geheimnisvoll und weit entfernt. Morna war auf dem Weg zum Computer, um die Supermarktbestellung zu stornieren.

Im Büro ihres Vaters setzte sie sich auf seinen Drehstuhl und stieß die nackten Fersen in den Teppich, um an den Schreibtisch zu rollen. Es war der Arbeitscomputer ihres Vaters. Das war ihnen warnend gesagt worden, und dass ihre Mutter ihre mittlere Reife allein mit Stift und Papier gemacht habe. Dass sie den Computer nur unter strenger Aufsicht benutzen dürften, sie könnten ja auch in der öffentlichen Bibliothek ins Internet.

Morna holte die Lebensmittelbestellung auf den Schirm. »Sag ihr bloß nichts«, flüsterte sie ihrer Schwester zu.

Sie würde es früh genug herausfinden, und die Lebensmittel würden dennoch kommen. Das taten sie immer. Morna schien nicht fähig zu sein, das zu begreifen. Sie sagte zu Lola: »Wie kannst du es nur ertragen, so fett zu sein? Du bist erst elf.«

Lola sah, wie sie mit entschlossenem Gesicht dasaß, geduldig nach den verbotenen Seiten suchte und sich auf dem Stuhl vor- und zurückwiegte. Schließlich wandte Lola sich ab, um zurück ins Bett zu gehen, und fasste die Schlafanzughose, damit sie ihr nicht hinunterrutschte. Da hörte sie ein Geräusch von ihrer Schwester, ein Geräusch, wie sie es nicht kannte. Sie drehte sich um. »Morna? Was ist das?« Eine Minute lang wussten sie nicht zu sagen, was sie auf dem Bildschirm sahen: einen Menschen oder ein Tier? Es war ein Mensch, eine Frau. Auf allen vieren. Sie war nackt und trug ein metallenes Halsband. Mit einer Kette.

Lola stand da, den Mund offen, und hielt ihre Hose mit beiden Händen fest. Die Kette führte zu einem Mann neben dem Bild. Sein Schatten war auf der Wand zu erkennen. Die Frau sah wie ein Windhund aus, mit einem völlig weißen Körper. Das Gesicht war verschwommen und ohne einen lesbaren menschlichen Ausdruck. Man konnte sie nicht erkennen. Vielleicht war sie eine Bekannte.

»Spiel den Film ab«, sagte Lola. »Komm.«

Mornas Finger zögerte. »Arbeiten! Immerzu ist er hier drin und arbeitet.« Sie sah ihre Schwester an. »Bleib du bei Mr Lazy, da bist du sicherer.«

»Komm«, sagte Lola. »Lass sehen.«

Aber Morna löschte das Bild. Der Schirm blieb einen Moment lang dunkel. Mit einer Hand rieb sie sich über die Rippen, wo das Herz war, die andere schwebte über der Tastatur. Sie holte die Lebensmittelbestellung wieder hervor, fuhr mit dem Blick darüber und fügte hauseigenes Hundefutter hinzu. »Dann kriege ich die Schuld«, sagte Lola. »Wegen meinem Fantasiehund.« Morna zuckte mit den Schultern.

Später lagen sie auf dem Rücken im Dunkel und unterhielten sich flüsternd, wie sie es getan hatten, als sie klein gewesen waren. Morna sagte, er würde behaupten, zufällig darauf gestoßen zu sein.

Das könnte doch sein, sagte Lola, aber Morna schwieg. Lola fragte sich, ob ihre Mutter davon wusste. Sie sagte, du kannst ja die Polizei rufen. Und was, wenn sie kommen und ihn verhaften? Wenn er ins Gefängnis muss, haben wir kein Geld mehr. Morna sagte: »Das ist kein Verbrechen. Hunde. Ausgezogene Frauen als Hunde. Nur wenn es Kinder sind, ist es ein Verbrechen, glaube ich.«

Lola sagte: »Kriegt sie Geld dafür, oder wird sie gezwungen?«

»Vielleicht kriegt sie Drogen. Dumme Kuh!« Morna war wütend auf die Frau, die sich da für Geld oder aus Angst wie ein Tier hinkauerte und darauf wartete, dass sie ihren Körper benutzten. »Mir ist kalt«, sagte sie, und Lola konnte hören, wie ihre Zähne klapperten. Morna wurde von einer Kälte erfasst, die ihr durch den ganzen Körper und die inneren Organe drang. Ihr Herz klopfte, ein Marmorherz. Sie legte die Hand darüber, rollte sich in ihrem Bett zusammen und zog die Knie bis ans Kinn.

»Wenn sie ihn ins Gefängnis stecken«, sagte Lola, »kannst du das Geld für uns verdienen. In einer Monster-Show.«

November: Dr. Bhattacharya aus dem Krankenhaus kam, um über den Haarwuchs zu reden. Das kann vorkommen, sagte sie. Es heißt Lanugo. Wollhaar. Oh, es kommt vor, fürchte ich.« Sie setzte sich aufs Sofa und sagte: »Bei Ihrer Tochter bin ich am Ende meiner Weisheit.«

Ihr Vater wollte, dass Morna wieder eingeliefert würde. »Ich würde sogar sagen«, erklärte er, »entweder sie geht, oder ich gehe.«

Dr. Bhattacharya blinzelte hinter ihrer Brille. »Wir sind finanziell in einer prekären Lage und müssen uns bis zum nächsten Geschäftsjahr einschränken. Nur die dringendsten Einweisungen. Machen Sie schön mit der täglichen Gewichtstabelle weiter. Solange sie stabil ist und nicht mehr verliert. Wenn im Frühling kein Fortschritt zu erkennen ist, können wir sie wieder aufnehmen.«

Morna saß auf dem Sofa, die Arme vor dem angeschwollenen Bauch verschränkt. Ihr Blick war leer. Sie wäre lieber überall sonst gewesen, nur nicht hier. Er vergiftet alles, hatte sie erklärt, dieser hinterlistige Löffel Sahne. Sie könne nicht länger darauf vertrauen, dass ihr Essen sei, was es sein solle, und ihre Kalorientabellen seien nutzlos, wenn sie hintergangen werde. Sie hatte eingewilligt zu essen, aber andere hatten die Vereinbarung gebrochen. Im Geiste, sagte sie.

Ihr Vater sagte zu der Ärztin: »Es hat keinen Sinn, die ganze Zeit nur zu sagen« – er machte ihre Stimme nach –, »›Morna, was denkst du, Morna, was willst du?‹ Hören Sie auf mit diesen Scheiß-Menschenrechten. Es ist nicht mehr wichtig, was sie denkt. Der Herr allein weiß, was sie sieht, wenn sie in den Spiegel blickt. Es ist nicht nachzuvollziehen, was in ihrem Kopf vorgeht, oder? Sie stellt sich Dinge vor, die es nicht gibt.«

Lola fuhr dazwischen: »Aber ich habe es auch gesehen.«

Ihre Eltern gingen auf sie los. »Lola, ab nach oben.«

Sie sprang vom Sofa hoch und ging hinaus, mit den Füßen über den Boden schleifend. Sie sagten nicht: »Was gesehen, Lola? Was hast du gesehen?«

Sie hören mir nicht zu, hatte sie der Ärztin erzählt, egal, was ich sage. Für die bin ich einfach nur eine Plage. »Ich wollte ein Haustier haben, aber nein, keine Chance. Andere Leute können einen Hund haben, nur Lola nicht.«

Aus dem Raum verbannt, stand sie draußen vor der Tür und wimmerte. Einmal kratzte sie mit ihrer Pfote. Sie schnüffelte und stieß mit der Schulter gegen die Tür. Bums, bums.

»Eine Familientherapie könnte verfügbar sein«, hörte sie Dr. Bhattacharya sagen. »Haben Sie darüber schon einmal nachgedacht?«

Dezember: Frohe Weihnachten.

Januar: »Ihr schickt mich wieder ins Krankenhaus«, sagte Morna.

»Nein, nein«, sagte ihre Mutter. »Ganz bestimmt nicht.«

»Du hast mit Dr. Bhattacharya telefoniert.«

»Ich habe mit dem Zahnarzt telefoniert und einen Termin vereinbart.«

Morna hatte in letzter Zeit ein paar Zähne verloren, das stimmte. Aber sie wusste, dass ihre Mutter log. »Wenn ihr mich da wieder hinschickt, trinke ich Bleiche«, sagte sie.

Lola sagte: »Dann wirst du leuchtend weiß.«

Februar: Sie sprachen über eine Zwangseinweisung. Das bedeutet, sagte ihre Mutter, dass du in eine geschlossene Abteilung kommst. Das bedeutet, dass du nicht mehr einfach so hinausgehen kannst, Morna, wie früher.

»Es liegt ganz bei dir«, sagte ihr Vater. »Fang an zu essen, Morna, und es kommt nicht so weit. Dir wird es in der Verrücktenanstalt nicht gefallen. Da reden sie dir nicht gut zu, einen Spaziergang zu machen, oder backen dir verdammte Törtchen. Da haben sie Schlösser an den Türen und pumpen dich mit Medikamenten voll. Das ist nicht wie das Krankenhaus, das sage ich dir.«

»Es ist eher wie ein Hundepension, denke ich«, sagte Lola. »Da werden die Leute an der Leine gehalten.«

»Werdet ihr mich nicht retten?«, sagte Morna.

»Du musst dich selbst retten«, sagte ihr Vater. »Niemand kann für dich essen.«

»Wenn es ginge, würde ich es vielleicht machen«, sagte Lola. »Aber nur gegen Bezahlung.«

Morna schaffte sich ab, kehrte zum Nichtsein zurück. Lola war ihre Dolmetscherin, die mit der klaren Stimme einer Prophetin vom oberen Bett aus sprach. Sie kamen zu ihr, Eltern und Ärzte, um zu erfahren, was Morna dachte. Morna selbst blieb weitgehend stumm.

Sie hatte Morna dazu gebracht, die Betten zu tauschen, seit Neujahr schlief ihre Schwester unten. Lola hatte Angst, Morna würde aus dem Bett rollen und auf dem Boden zerschellen. Sie hörte ihre Mutter hinter der Schlafzimmertür klagen: »Sie geht, sie geht.«

Und sie meinte nicht zum Einkaufen. Am Ende, hatte Dr. Bhattacharya gesagt, versagt das Herz ohne Vorwarnung.

Februar: Auf dem letzten Meter, im letzten Graben, beschloss sie, ihre Schwester zu retten. Sie machte ihr kleine, in Alufolie gewickelte Päckchen – einen einzelnen Keks, ein paar bunt gemischte Bonbons – und legte sie ihr aufs Bett. Den Keks fand sie, noch in seiner Folie, zu Krümeln zerdrückt zwischen Karamellstückchen und abgerissenen Scheren von gelben Weingummihummern auf dem Boden ihres Zimmers wieder. Sie konnte die Krümel nicht zählen, und so hoffte sie, dass Morna ein wenig davon gegessen hatte. Eines Tages sah sie Morna mit einem Stück Folie in der Hand. Sie hatte es glattgestrichen und betrachtete ihr Spiegelbild in der glänzenden Seite. Ihre Schwester sah jetzt doppelt, und alle festen Objekte waren von Licht umgeben. Sie besaßen ein Geister-Ich, unscharf und sich wandelnd.

Ihre Mutter sagte: »Hast du gar keine Gefühle, Lola? Hast du keine Vorstellung davon, was wir wegen deiner Schwester durchmachen?«

»Ein paar hatte ich schon«, sagte Lola. Sie hielt ihre Hände und Arme in einem Bogen um sich, um zu zeigen, wie einen Gefühle aufblähen. Sie geben dir ein Völlegefühl, wiegen schwer in der Brust, und dann willst du dein Abendessen nicht. So hatte sie begonnen, es stehen zu lassen oder heimlich Teile davon, Gebäck, eine extra Kartoffel, in einem Stück Küchenpapier zu verstecken.

Lola erinnerte sich an die Nacht im November, als sie barfuß hinunter zum Computer gegangen waren. Sie hatte hinter Mornas

Stuhl gestanden und ihre Schulter berührt. Es war, als striche sie über ein Messer. Die Knochenklinge war ihr tief in die Hand gefahren, Stunden später noch hatte sie es gespürt. Sie war überrascht, keine Einbuchtung in ihrer Handfläche zu finden. Als sie am nächsten Morgen aufwachte, konnte sie die Form immer noch fühlen.

März: Alle Spuren von Morna sind aus dem Zimmer verschwunden, doch Lola weiß, dass sie immer noch da ist. In diesen kalten Nächten, den Mr-Men-Schlafanzug mit einer Hand festhaltend, steht sie da und sieht in den Garten des kleinen Hauses hinaus. Im Gleißen der am Himmel schwebenden Hubschrauber, im Aufflammen der Sicherheitsscheinwerfer in den Nachbargärten, im unsteten Licht der Straßen sieht sie die Gestalt ihrer Schwester stehen, in eine Aureole aus Frost getaucht. Der Verkehr fließt in die Nacht, es ist ein unablässiges Summen, aber um Morna ist eine Blase der Stille. Ihr großer, gerader Körper flackert in ihrem Nachthemd, ihr Gesicht wirkt verwischt, wie von Tränen oder Nieselregen, und sie trägt keinen lesbaren menschlichen Ausdruck. Aber zu ihren Füßen liegt ein weißer Hund, leuchtend wie ein Einhorn, eine goldene Kette um den Hals.

Endstation

Am 9. Januar, kurz nach elf an einem dunklen Morgen mit Schnee und Regen, sah ich meinen toten Vater in einem Zug aus dem Bahnhof Clapham Junction fahren, Richtung Waterloo.

Ich wandte den Blick ab, weil ich ihn nicht gleich erkannte. Wir fuhren auf parallelen Gleisen. Als ich wieder hinsah, nahm sein Zug Fahrt auf und trug ihn davon.

Meine Gedanken bewegten sich sofort voraus, in die Halle der Waterloo Station und zu dem Treffen mit ihm, zu dem es dort, da war ich sicher, kommen würde. Sein Zug war einer von der alten Sorte mit Sechser-Abteilen und einem Gang, die Fenster fast undurchsichtig vom Schmutz des Winters und das Blech überzogen mit jahrzehntealtem Dreck. Ich fragte mich, woher er kam: aus Windsor, Ascot? Sie müssen wissen, dass ich viel in der Gegend unterwegs bin, da kennt man sich mit Zügen und Waggons bestens aus.

Der Wagen, den er sich ausgesucht hatte, war unbeleuchtet. (Die Glühbirnen werden oft gestohlen oder zerschlagen.) Sein Gesicht hatte eine unangenehme Farbe, die Augen waren tief verschattet, seine Miene nachdenklich, fast verdrießlich.

Endlich durch das grüne Signal befreit, setzte sich auch mein Zug in Bewegung. Seine Geschwindigkeit blieb eher gemessen, und ich kalkulierte, dass mein Vater mir gute sieben Minuten voraus war, auf jeden Fall mehr als fünf.

Als ich ihn sah, wie er da traurig, aber aufrecht im Wagen gegenüber saß, dachte ich gleich an das eine Mal zurück, als er ... an das eine Mal, als er … Aber nein. Ich dachte gar nicht zurück. Ich versuchte es, doch mir wollte keine spezielle Situation einfallen. Selbst in den hintersten Winkeln meines Gedächtnisses wurde ich nicht fündig, mir wollte keine einzelne Situation einfallen. Dabei sollte ich voller Anekdoten sein. Voller Anlässe für Erfindungen. Aber ich bekomme nichts zu fassen und kann nur sagen, dass eine gewisse Anzahl von Jahren verstrichen ist.

Als wir ausstiegen, war der Bahnsteig glitschig vor Kälte und glitt unter meinen Füßen dahin. Überall hingen Bombenwarnungen, auch Warnungen vor Bettlern und Plakate, auf denen stand, man solle vorsichtig sein, um nicht auszurutschen oder zu stolpern, was eine Beleidigung der Öffentlichkeit darstellt, würden es doch nur wenige tun, wenn sie es vermeiden können: nur ein paar vielleicht, die auf Aufmerksamkeit aus sind. Eine willkürliche Entscheidung hatte einen Mann ans Bahnsteigende gestellt, der die Fahrkarten einsammelte, was Herumgefummel und eine weitere Verzögerung bedeutete. Das ärgerte mich. Ich wollte weiterkommen mit der Sache, was immer es auch sein mochte.

Mir wurde bewusst, dass er jünger ausgesehen hatte, als hätte ihn der Tod eine Stufe zurückversetzt. In seinem Ausdruck, so melancholisch er gewesen war, hatte etwas Zielgerichtetes gelegen. Ich war mir sicher, dass er seine Fahrt nicht zufällig unternahm, und es war diese Empfindung, keine frühere Erfahrung – liegen Erfahrungen immer in der Vergangenheit? –, die mich denken ließ, dass er hier wartete, dass er sich nach seiner Bewegung auf mich zu und dann voran, in seinem Zug aus Basingstoke oder vielleicht sogar dem fernen Southampton, die Zeit nehmen könnte, um mich zu treffen.

Ich sage Ihnen Folgendes: Wenn Sie sich in der Waterloo Station mit jemandem treffen wollen, planen Sie es gut voraus. Tun Sie es zur Sicherheit schriftlich. Ich stand still da, ein Stein im wilden Fluss der vorbeiströmenden, stoßenden Reisenden. Wohin mochte er gehen? Wonach mochte ihm sein? (Ich hatte nicht gewusst, Gott hilf mir, dass die Toten losgelassen worden waren.) Nach einer Tasse Kaffee? Einem Blick auf die bestverkauften Taschenbücher? Nach etwas aus dem Drogeriemarkt, einem Erkältungsmittel, einer Flasche eines aromatischen Öls?

Etwas Kleines, Hartes in meiner Brust, mein Herz, zog sich noch mehr zusammen: Ich hatte keine Ahnung, wonach ihm sein mochte. Die unbegrenzten Möglichkeiten Londons … sollte er mich hinter sich lassen und in die Stadt hinein finden … Aber selbst angesichts der unbegrenzten Möglichkeiten Londons wollte mir nicht eine Sache einfallen, nach der ihm sein mochte.

So machte ich mich denn auf die Suche, warf einen Blick zu W H Smith hinein und in die Costa Coffee Boutique. Währenddessen versuchte ich erneut auf Situationen zu kommen, an die ich zurückdenken konnte – ohne Erfolg. Ich sehnte mich nach etwas Süßem, einem Glas heißer Schokolade, das mir die Hände wärmte, einer mit Kakaopulver bestäubten italienischen Waffel, und doch agierte ich kalt und voller Dringlichkeit.

Mir kam der Gedanke, dass er vielleicht auf den Kontinent hinüberwollte. Von hier aus konnte er einen Zug nach Europa nehmen, und wie sollte ich ihm da folgen? Ich fragte mich, welche Papiere er dazu bräuchte und ob er fremde Währung bei sich hatte. Ging es bei einem Dispens anders? Konnte man als Geist die Häfen wechseln? Ich stellte mir einen Hof von Schattenbotschaftern vor, mit Schattenportefeuilles in den seidenen Kleidern.

Es gibt einen Rhythmus – Sie wissen das –, mit dem sich die Menschen durch jeden großen öffentlichen Raum bewegen, eine bestimmte Geschwindigkeit, die niemandes Entscheidung ist, sondern Tag für Tag kurz nach Sonnenaufgang festgesetzt wird. Brich den Rhythmus, und du wirst es bereuen, denn dann wirst du getreten und mit Ellbogen gestoßen. Brutale Briten murmeln, Entschuldigung, oh, Entschuldigung – nur, dass Reisende, wie ich finde, oft zu ungehalten für normale Höflichkeit sind. Sie zögern, sind zu willenlos, und schon wirst du aus dem Weg gestoßen. Heute wurde mir zum ersten Mal bewusst, dass dieser Rhythmus ein wahres Mysterium ist, weder von der Bahn noch von den Bürgern kontrolliert, sondern von einer höheren Macht: dass er der Verstellung hilft, ein Führer für diejenigen ist, die ohne ihn nicht zu handeln wüssten.

Denn wie viele von den dahinwogenden Tausenden haben einen festen Körper, und wie viele sind bloße Annahmen und Lichtspiegelungen? Wie viele, frage ich Sie, hängen tatsächlich ganz zusammen, wie viele sind völlig und überzeugend in dem Zustand, in dem sie zu sein behaupten: nämlich lebendig? Der verlorene, ziellose, blasse Mann dort, dieser Ausländer mit der Tasche auf dem Rücken? Die Frau, deren ausgemergeltes Gesicht an ein Pestopfer erinnert? Jene Bewohner der braunen Häuser von Wandsworth, jene Menschen in Wohnungen mit Balkonen und auf Fußwegen? Jene murrenden Pendler, die auf den Zug nach Virginia Water warten, jene Leute, deren Häuser auf Ufern hocken, deren Dächer regennass glänzen und vor dem Fenster des Reisenden vorbeifliegen? Wie viele?

Erklären Sie es mir, ja? Erklären Sie mir, wo »der Unterschied« liegt. Demonstrieren Sie mir die Textur menschlichen Fleisches. Isolieren Sie für mich das Element in der Klangfarbe der Stimme, das den Lebenden vom Toten unterscheidet. Zeigen Sie mir einen Knochen, von dem Sie wissen, dass es ein lebender Knochen ist. Recken Sie ihn hoch in die Luft. Finden Sie einen und zeigen Sie ihn mir.

Ich ging weiter, starrte über ein Kühlregal mit einbalsamierten Speisen für Reisende hinweg, erhaschte einen Blick auf einen Ärmel, einen Mantel, der mir bekannt vorkam, und mein enges Herz tat einen Sprung. Doch dann drehte sich der Mann um, und sein Gesicht triefte vor Dummheit. Er war ein anderer, war weniger, als ich von ihm verlangte.

Es blieben nicht viele Möglichkeiten. Ich ging zur Pizzabude, glaubte aber nicht, dass er in der Öffentlichkeit essen würde, und schon gar nichts Ausländisches. (Wieder eilten mir meine Gedanken voraus zum Gare du Nord und den Aussichten, ihn dort einzuholen.) Im Bureau de Change hatte ich bereits nachgesehen und auch den Vorhang des Fotoautomaten zur Seite geschoben. Der Automat hatte leer ausgesehen, doch ich dachte, es könnte ein Trick oder ein Test sein.

Nirgends also. Mich auf seine Miene zurückbesinnend – und Sie werden sich erinnern, dass ich ihn nur einen Moment lang gesehen hatte, im Schatten –, machte ich etwas aus, das mir zunächst nicht aufgefallen war. Man hatte fast den Eindruck haben können, sein Blick sei nach innen gewandt gewesen. Da war eine Ferne, ein Wunsch nach Ungestörtheit: als wäre er der Wächter seiner eigenen Identität.

Plötzlich, es war die Erkenntnis einer Sekunde, begriff ich: Er reist inkognito. Scham und Wut ließen mich gegen die Scheibe zurücksinken, gegen das Schaufenster eines Buchladens. Ich war mir bewusst, dass mein eigenes Bild hinter mir schwamm und dass mein Geist in seinem Wintermantel ins Glas gezwungen wurde, hineingezwungen und fixiert, sodass jeder Passant ihn anstarren konnte, lebendig oder tot, solange ich nicht die Kraft hatte, mich wegzubewegen. Meine Erlebnisse dieses Morgens, bis jetzt unverarbeitet und nur dürftig betrachtet, kamen in mir an. Ich hatte meine Augen aus dem Fenster gerichtet, hatte meinem Blick gehoben, mit nackter Neugier in den Wagen auf dem Parallelgleis gestarrt und durch einen ungehörigen Zufall etwas gesehen, das ich nie hätte sehen sollen.

Es erschien mir jetzt dringend, in die Stadt und zu meinem Termin zu kommen. Ich zog meinem Mantel um mich und meinen gewohnten ernsten, schwarzen Anzug zusammen. Ich sah in meine Tasche, vergewisserte mich, dass meine Papiere in Ordnung waren, ging an einen Stand und reichte eine Pfundmünze über die Theke, für die ich ein Päckchen Papiertaschentücher bekam, in einer Plastikhülle, dünn wie eine Haut. Mit den Nägeln riss ich daran, bis sich die Membran teilte und ich das Papier selbst unter meinen Fingern spürte: Es war eine Vorsorge, für den Fall unziemlicher Tränen. Papier beruhigt mich, seine Berührung. Es ist das, was man respektiert.

Dieser Winter ist trostlos. Selbst ältere Leute geben zu, dass er kälter als gewöhnlich ist, und es ist bekannt, dass dir in der Taxischlange die vier Winde in die Augen stechen. Ich bin auf dem Weg in einen frostigen Raum, in dem Männer, die mein Vater hätten sein können, nur liebevoller, Entscheidungen fällen, Transaktionen vornehmen und sich auf ein Protokoll einigen: Mir fällt auf, wie leicht sich Komitees meist auf ein Protokoll einigen, aber wenn wir einzigartig sind und unsere getrennten Leben leben, debattieren wir – richtig? – jede Sekunde, von der wir glauben, dass sie uns gehört. Es besteht keine allgemeine Übereinkunft darüber und wird nicht sehr geschätzt, dass sich die Menschen durch alle möglichen Dinge unterscheiden und der Tod, offen gesagt, noch das geringste davon ist. Wenn die Lichter wieder über den Boulevards und Parks erblühen und die Stadt zu ihrer viktorianischen Sagesse zurückfindet, werde ich weiterziehen. Ich sehe, dass die Lebenden wie die Toten in ihren vertrauten Zügen zwischen Stadt und Wohnstatt hin und her pendeln. Ich bin, wie Sie geschlossen haben werden, kein Mensch, der falsche Aufgeregtheit oder vorgetäuschte Neuerungen braucht. Dennoch bin ich bereit, den Fahrplan zu zerreißen und neue Wege zu nehmen, und ich weiß, in einer unwahrscheinlichen Endstation werde ich eine Hand finden, die dazu bestimmt ist, in meiner zu ruhen.

Englisch lernen

»Zuletzt«, sagte Mr Maddox, »um unsere Führung zu beschlie-
ßen, kommen wir zu einem sehr speziellen Teil des Hauses.« Er
machte eine Pause, um ihr zu bedeuten, dass er noch etwas Besonderes für sie hatte. »Vielleicht könnte es sein, Miss Marcella, dass
das Haus in Ihrer letzten Stellung keinen Panikraum hatte?«

Marcella schlug die Hand vor den Mund. »Gott hilf ihnen.
Geht die Familie da zusammmen hinein oder einzeln?«

»Es gibt Platz für die ganze Familie«, sagte Mr Maddox. »Wenn
die Notlage eintritt, was Gott verhüte.«

»Was Gott verhüte«, wiederholte sie. Die Vorstellung einer allgemeinen Panik ... Wie, überlegte sie, entzündet und verbreitet
sich eine Panik? Geht sie von den Eltern zu den Kindern oder von
den Kindern zu den Eltern? »Kann der Arzt nichts für sie tun?«,
fragte sie. »Es gibt Tabletten gegen Angst. Und es heißt, blas in
eine Papiertüte. Es tut gut, auf eine gewisse Weise. Ich bin nicht
sicher, wie.«

Mr Maddox, der Butler, wandte ihr den Blick zu, und sie wusste, sie hatte einen Fehler gemacht. Vielleicht hatte sie sich zu ver-
traulich gezeigt, oder vielleicht hatte sie ihn auch falsch verstanden. Das schien es zu sein. »Es ist also«, sagte sie zögernd, »kein
Raum für wenn man Angst hat?«

»Es ist nicht nur ein Raum«, sagte Mr Maddox. »Es ist eine Ein-
richtung. Folgen Sie mir, und ich zeige es Ihnen.« Er drehte sich
aber noch einmal zu ihr um. »Wenn Sie einen Witz machen wollen,
rate ich herzlich davon ab. Ich selbst habe von der Betreuung einer

englischen Kindergärtnerin profitiert. Ich mache Witze wie ein Muttersprachler. Aber in so exklusiven Postleitzahlen wie St. John's Wood oder anderen grünen Teilen dieser großen Metropole ist es leicht, Anstoß zu erregen.« Er klopfte auf den Speckbauch unter seinem T-Shirt. (Wir sind ein moderner, zwangloser Haushalt, war ihr gesagt worden.) »Miss Marcella«, sagte er. »Kommen Sie mit.«

Sie hätte nie gedacht, dass die Tür, durch die sie gingen, tatsächlich eine Tür war. Es schien nichts als eine Wand zu sein. Als sie geöffnet wurde, ging das Licht dahinter an, von selbst, und zeigte einen Teil des Hauses, der allen verborgen blieb, die nicht, wie der Butler, im Bilde waren: Genau das sei er, sagte er.

»Mr Maddox«, sagte sie. »Soll ich hier putzen?«

»Wöchentlich«, sagte er. »Saugen, lüften, die Toilette. Auch unbenutzt.«

»Was, Gott verhüte, der Fall sein soll«, sagte sie. Sie sah sich um und begann den Panikraum zu verstehen. Mr Maddox zeigte ihr die großen Flaschen Wasser und den Vorrat an kleinen Speisen. Es gab ein Sofa und zwei Sessel mit einem dunkelgrauen Bezug, wie man ihn in Geschäftsräumen fand. Sie sahen hart aus und hätten ein paar Kissen brauchen können. Es gab eine Toilette mit einem kalten Stück Seife, Supermarktseife, die nicht so gut war wie die im Rest des Hauses. Warum?, fragte sie sich. Warum die Standards des Komforts senken? Sie sah, wie sich der grüne Toilettenreiniger von Woche zu Woche in der ungenutzten Schüssel sammelte, zu einem dunkel schimmernden See.

An der gegenüberliegenden Seite des Raumes stand ein Einzelbett mit einem Rahmen aus Metallrohren. Es war mit gestärkter weißer Wäsche und einer blauen, fest unter die Matratze gesteckten Decke bezogen. »Nur ein Bett für einen?«

»Schlaf ist nicht vorgesehen«, sagte der Butler. »In einer Stunde, oder mit Gottes Hilfe früher, wird die Polizei oder der Sicherheitsdienst sie befreien. Das Bett ist für einen Casualty.«

»Entschuldigung«, sagte Marcella. »Wofür?«

Das erzürnte Mr Maddox. »Ich dachte, Sie kommen durch *The Lady*, was gutes Englisch garantiert.«

»*The Lady* ist nicht mein Arbeitgeber«, sagte Marcella. »Sie ist nur ein Mittel zum Zweck.« Sie hielt inne und wunderte sich über den Ausdruck: ein Mittel zum Zweck. Sie sagte: »Ich bin in Englisch geprüft. Ich habe ein Zertifikat in meiner Tasche.«

»Ihr Zertifikat interessiert mich keinen Deut«, fuhr Mr Maddox sie an. »Und was *The Lady* betrifft: Ich weiß, sie ist nicht Ihr Arbeitgeber. Verschwenden Sie nicht meine Zeit, ich wiederhole: Ich glaubte, nur jemand mit ausgezeichneten Kenntnissen in der englischen Sprache würde *The Lady* studieren.«

»Nein.« Marcella fühlte sich müde. Sie dachte, sie würde sich gerne auf dem Metallbett des Panikraums ausstrecken. Sie hatte schon schlechtere Betten gesehen, einige davon auf der anderen Seite der Stadt, in Notting Hill. »*The Lady* lesen alle, die Hausarbeit suchen«, sagte sie. »Es ist nur eine Zeitschrift. Es ist nicht das Werk von Alfred Lord Tennyson. Es ist kein Zauberhandbuch.«

»Unverschämtheit wird Sie nicht viel weiterbringen«, sagte der Butler. »Nur auf kurzem Weg zur Entlassung, und kein Arbeitsgericht für Sie, denken Sie das nicht. In ihrer Weisheit gefällt es der Regierung Ihrer Majestät, Personen Ihrer nörgelnden Art den Rechtsbeistand vorzuenthalten. Ich warne Sie.«

Der Boden des Panikraums stach kalt in Marcellas Füße. Der versprochene Lohn war gering, aber sie brauchte ein Dach über dem Kopf, und hier war das Dach: NW8, im Haus wohnend, für flexible, hundeliebende Person, mit Erfahrung im Waschen besonderer Kleidung, hilfsbereites Wesen, Nichtraucher. In einiger Entfernung von hier gab es ein Zimmer über einem Hähnchenimbiss, in dem sich einige ihrer Landsmänninnen versammelten und *The Lady* von Hand zu Hand ging, als hätten sie das Zeitalter des Internets noch nicht erreicht: Sie waren nicht digital, sie konnten nichts wieder aufladen, sie hatten keinen Laptop, weil er ihnen vom Schoß gestohlen worden wäre, so wie jedes andere Gerät, das sie mit sich hätten herumtragen müssen. Sie hatten Angst vor Straßenräubern. Deshalb wurde *The Lady* von so vielen Augen durchgesehen, wurde schlaff und grau, rot umrandet, grün angekreuzt, mit blauen Sternen versehen. In dem Zimmer über den Fritteusen konnte sich eine Frau vor Beamten verbergen, vor der Polizei und anderen Behörden. Verbergen, wenn sie gesucht wurde, verbergen, wenn sie unerwünscht war, das heißt, entlassen. Sie konnte für ein, zwei Nächte dort Zuflucht suchen, wenn sie sonst keine andere Möglichkeit als die Straße hatte. Manchmal lagen die Frauen Kopf an Kopf, erschöpft, in Schlafsäcke oder Decken gehüllt, graue, schlafleere Gesichter. Wenn sie aufwachten, wussten sie kaum die eigenen Namen.

Deshalb entschuldigte sich Marcella bei Mr Maddox mit einem demütigen, reuevollen Blick: »Ich wollte nur die Bedeutung eines Wortes wissen. In Zukunft kaufe ich ein Wörterbuch.«

»Nun, Sie sind jung«, räumte der Butler ein. »Vielleicht lernen Sie noch. Ein Casualty ist eine verletzte Person. Zum Beispiel angeschossen.«

Sie verstand, dass sich eine solche Person hinlegen musste. »Wer hat geschossen?«

»Ein Eindringling, Kidnapper, Entführer, Räuber, Gräueltäter, Terrorist, Desperado.«

»Gefahr von allen Seiten«, murmelte Marcella.

»Es ist ein sehr elementarer Panikraum«, erklärte der Butler. »Eine Kugel dringt nicht hinein, und die Luft wird gefiltert und ist in der Lage, die meisten Chemikalien und Biologikalien zu eliminieren. Aber er ist so konstruiert, dass er nur Schutz bietet, bis auf Knopfdruck die Sicherheitsdienst-Männer kommen. Ich meine die Panikknöpfe«, belehrte er sie. »Sie sind in allen Wohnbereichen untergebracht.«

»Sind sie rot?«

»Rot? Warum sollten sie?«

»Wie kann ich sie erkennen? Wenn ich sie nicht sehe, könnte ich sie drücken, beim Staubwischen, zu einer Zeit, wenn es keine terroristische Bedrohung gibt, und das kann zu *Der Hirtenjunge und der Wolf* führen.«

Der Butler starrte sie an. Wie sie vermutete, war sein Englisch zwar blumiger als ihres, aber die Auswahl seiner Anspielungen kleiner.

»Natürlich sind sie nicht rot«, sagte er. »Sie sind verborgen, so dass unsere Arbeitgeber sie diskret drücken können. Sie sind an versteckten Orten.«

»Aber ich muss sie abstauben«, sagte Marcella, »versteckt oder nicht. Ich war kürzlich in Notting Hill, wo ich entlassen wurde, weil ich die Stuhlbeine nicht abgestaubt hatte.«

»Das kann nicht Ihr einziger Fehler gewesen sein«, sagte Mr Maddox. Er sprach, als wiege er die Sache ab, sein Ton war zweifelnd. »In Kensington, sicher. In Holland Park, vielleicht. In Notting Hill? Ich bezweifle es. Das Beste ist, Sie sind offen zu mir. Was haben Sie sonst noch gemacht? Oder sollte ich sagen, was haben Sie nicht gemacht?«

»Ich bin nicht vergewaltigt worden«, sagte Marcella. »Ich habe eingewilligt.«

Die Umstände waren einfach, und es waren folgende: Die Familie, das heißt, ihre vorherige Familie in Notting Hill, war in den Skiurlaub gefahren. Das Kind Jonquil wurde dafür aus der Schule genommen, aber Joshua, der fünfzehn Jahre alt war, blieb zurück, entweder weil er den Skiurlaub nicht verdiente oder weil es sein Prüfungsjahr war, Marcella hatte es vergessen. In der Küche gab es einen Streit deswegen, bei dem Joshua einen Glasbehälter mit einer Mehrkorn-Mehrkeim-Mischung auf den Boden fallen ließ, und daran erinnerte sie sich wegen der tagelangen Beschwerden über die spitzen Kerne unter den nackten Füßen. Das Ergebnis war, dass seine Mutter sagte, wir fahren in Skiurlaub, Joshua, und wenn du das ganze Frühstücksregal von Waitrose auf den Boden wirfst. Mach, was du willst, Marcella räumt auf. Vielleicht hast du in einem anderen Jahr mehr Glück. Darf ich dich daran erinnern, dass wir eine hart arbeitende Familie sind und den Urlaub verdienen?

Später, als sie in ihr Zimmer hinaufstieg, saß Joshua auf der Treppe und weinte. Er war ein riesiger, schwer gebauter Junge und schien alle Luft zu verbrauchen, sein großes Gesicht war tränennass, sein Atem keuchte rein und raus. Er saß auf ihrer persönlichen Treppe. Es gab keinen Grund für ihn, dort zu sein. Sein Zimmer war unten, im zweiten Stock. »Guck mich nicht an«, sagte er.

Sie begriff, dass er sich schämte zu weinen, so ein großer Junge. Aber warum kam er her, wenn er nicht wollte, dass sie ihn sah?

Sie sagte: »Schnief nicht so, Joshua.« Sie meinte es nett, sah aber, wie er sich versteifte. Vielleicht war es das falsche Wort? »Schnüffel nicht, meine ich«, sagte sie. »Beides nicht. Es gibt noch andere Skiurlaube.«

»Es ist nicht meine Schuld, dass meine Mutter sich verpisst hat und mich bei ihr lässt«, sagte er. Bei meiner Stiefmutter, meinte er. »Aber ich bin immer der, der dafür bestraft wird. Was soll das?«

Er erwartete nicht, dass sie eine Antwort darauf hatte. Und dann doch wieder. Sie sagte sanft: »Wenn du bestraft wirst, Joshua, ist es nicht immer, weil du böse warst. Oft ist es, weil andere böse waren.«

Sie wartete. Er war nicht intelligent. Er verstand sie nicht. »Je eher du das lernst, desto besser für dich«, sagte sie. »Es ist natürlich nicht recht.«

»Recht was?« Er starrte sie an.

»Es ist nicht ...« Ärger brodelte in ihr und schwoll in ihrem Mund wie ein Ballon. Immer versuchte sie Mitleid mit ihm zu haben. Aber vielleicht, wenn er nicht so viel Platz einnähme und wenn er hygienischer wäre. »Ich will sagen, es ist nicht fair. Aber so sind die Dinge. Jetzt beeil dich. Dein Vater wartet, um dich in die Schule zurückzubringen. Unter deinen lachenden Kameraden vergisst du dein Unheil schnell.«

Joshua wuchtete seinen Körper in die Höhe. »Warum bist du so voller Kacke?«

»Deine Tasche ist im Auto, und ich habe deine Schokoladenrosinen in das geheime Fach gesteckt. Sechs Packungen. Denk daran, deine Zähne danach zu putzen, denn sie sind nicht gut für deine Zahnung.«

Er sah auf sie herab. »Weg da.«

Ich werde sprechen, dachte sie. Es ist zu seinem Wohl. »Joshua, es heißt ganz richtig: ›Man sieht den Wald vor lauter Bäumen nicht.‹ Ich habe den Ausdruck kürzlich gelernt, und seine Bedeutung ist: Ein Mensch sollte schätzen, was er hat. Du hast eine liebende Familie, wenigstens zum Teil. Du hast eine gute Gesundheit und Ausbildung, warme Kleider und Wäsche. Jeden Tag des Jahres wird Essen für dich gekocht, du bekommst Taschengeld für nichts, du musst nicht arbeiten, nur freundlich sein und deine Schulschuhe putzen nach langer Wochenendbeurlaubung, was du nie tust. Sei ein großer Junge«, sagte sie. »Nur ein Kind weint wegen Skiurlaub. Ein Baby, so alt wie Jonquil. Für dich, Joshua, ist es Zeit, ein Mann zu sein.«

Joshua hatte kein Taschentuch, obwohl sie Taschentücher wusch und bügelte. Sie hatte ihn noch nie mit einem Taschentuch gesehen. Wenn er eins brauchte, wie jetzt, putzte er die Nase am Ärmel ab. Er drängte sich an ihr vorbei, ohne sie anzusehen, und polterte nach unten. Jede Vorsorge für Tränen ist getroffen, dachte sie, aber es ist das Vorrecht des Arbeitgebers und seiner Familie, auf die falsche Weise zur falschen Zeit vor der falschen Person zu schnüffeln.

Am Tag, als der Skiurlaub begann, als sie sicher war, dass die Familie zum Flughafen unterwegs war und nicht zurückkommen konnte, stand sie in der Küche und gönnte sich eine richtige Tasse Kaffee, nur eine. Sie trank sie im Stehen, als würde das den Verstoß abschwächen. Der Kaffee kam aus einer bunten Kapsel, und für eine Weile hatten ihre Finger über der Schachtel geschwebt, während sie entschied, welche Farbe sie wollte. Sauer und dünn, der Kaffee enttäuschte sie. Aber das Ritual, der Augenblick der Ruhe: Der enttäuschte sie nicht. Sie ließ die Kapsel auf der Arbeitsfläche liegen. Wie ein Saphir schimmerte sie auf dem Granit.

Sie hatte eine Liste mit allen Aufgaben gemacht, die vor Ende des Urlaubs erledigt werden mussten, und sie war zwei Seiten lang. Aber während der nächsten sechs Tage konnte sie ihre Zeit selbst einteilen. Eine Stunde oder so nach Abfahrt der Familie schienen ihre Stimmen noch durch das Haus zu hallen, dann stahl sich Schweigen in die Räume, und sie ging nach oben, ins Dachgeschoss, und schloss ihre Tür.

Das Dachfenster war so hoch, aber sie fand stets, dass es ein hübsches kleines Fenster war. An ihrem ersten Tag war sie auf einen Stuhl gestiegen, um hinauszusehen. Es gab nichts zu sehen, nur die Dächer von Notting Hill, die vom Regen glänzten. Es gab einen Spiegel in ihrem Zimmer, vorne auf einem Schrank, der nicht breiter als ein Sarg war. Hänge einen Regenmantel hinein, eine Baumwolljacke, zwei Arbeitsuniformen (blaukarierte Overalls) und vielleicht noch drei Sachen, quetsche sie zusammen, und der Schrank ist voll. Das beunruhigte sie. Erwarteten sie nicht, dass sie länger blieb? Sie hoffte, länger zu bleiben. Der Hähnchenimbiss-Raum war vom Vermieter zurückgenommen worden. Er wollte ihn verkaufen und beschuldigte ihre Landsmänninnen, ein Bordell geführt zu haben. Damit gab es keinen Ort mehr, wo sie zwischen zwei Jobs hingehen konnte, und die Laune eines Arbeitgebers, selbst die Boshaftigkeit einer Kinderfrau oder eines 24-Stunden-Pförtners, konnte reichen, um sie zu einer der mittellosen Frauen zu machen, die sich bei Supermarkt-Paladins herumdrückten und auf weggeworfene Krabbensandwiches hofften. Die Papiere in einer Tüte, das Englischzertifikat und alles: die Tüte in der Hand, die Tüte gestohlen. Das war zu oft das Schicksal ihrer Landsmänninnen. Manchmal, wenn sie von den Behörden aufgegriffen wurden, gaben sie zu, eine andere zu sein. Manchmal, wenn eine zu krank zum Arbeiten war, nahm eine andere ihre Schlüssel und ging stumm in das fremde Haus, um die Böden zu wischen und die Badezimmer zu reinigen. Wenn sie der Wischerin in ihrem Overall auswichen, merkten die Arbeitgeber nichts, und sie lächelten unvoreingenommen, wenn sich ein Körper mit einem Eimer auf der Treppe an ihnen vorbeiduckte.

Es ist obliegend, sagte Marcella immer, obliegend, sich auf jede Unterbringung einzustellen. Da der Schrank so wenig Gelegenheit bot, hatte sie ihre Baumwolljacke gefaltet und in eine Schublade gelegt. Es gab eine Kommode mit vier Schubladen und eine zweite Kommode, die wie eine aussah, aber keine war. Es war ein Schrank, und wenn sie ihn öffnete, war ihr Bett darin. Der Schrank stand auf Rollen, und man musste ihn mit einer Hand festhalten, während man mit der anderen das Bett herausklappte. Dazu fasste man eine Stange und riss den Metallrahmen mit einem Ruck heraus. Wenn man den Schrank dabei nicht mit aller Kraft festhielt, rollte er durch den Raum, und das Bett blieb drin.

Im leeren Haus, die Zeit der Skiferien dehnte sich vor ihr, musste sie eine Entscheidung treffen. Sie wollte ihre Freiheit damit zeigen, dass sie sich hinlegte. Aber noch nie hatte sie am hellichten Tag ihr Bett herausgeklappt. Sie stellte sich vor, wie sie auf der gestreiften Matratze lag. Es schien nicht richtig. Für ein Schläfchen musste sie das Bett mit der Wäsche und der Decke machen, die zusammengefaltet auf dem Stuhl lag. Würde sie nach ihrem Schläfchen alles wieder wegtun? Oder würde sie das Bett bezogen lassen und ihr Leben wiederaufnehmen, als wäre es ein vernünftiges Haus, in dem die Betten nicht in Schränken aufbewahrt wurden?

Sie ging ins Schlafzimmer ihrer Arbeitgeber, eine Etage unter ihr. Es war so, als wäre die Lady noch da. Eine Wolke ihres seltsamen Geruchs hing schwer in der Luft. Man konnte es sich kaum vorstellen, dass ein Mann in diesem Zimmer schlief. Sie betrachtete das breite, große Bett. Eine leichte Decke lag darauf, gebrochen weiß, mit einem blassen sepiafarbenen Muster, ein Paisleywirbel aus Pflanzenfarben. Es sah aus, als wäre die Decke schon viele Male gewaschen worden, von einer Frau in einem Fluss auf Steine geschlagen. Aber das stimmte nicht, denn sie selbst holte sie aus der Reinigung, in Plastik gehüllt, wenn die Lady ihren Morgenkaffee darübergeschüttet hatte oder das Kind Jonquil, das anhänglich ins Bett der Eltern kletterte, seinen Saft darauf verschüttet oder sich übergeben hatte.

Ich darf nicht darauf liegen, dachte sie. Was, wenn ich das Bett verunreinige? Sie verließ das Zimmer und zog die Tür leise zu, um den Geruch von Rosen, Basilikum und Limetten dahinter zu verschließen. Sie ging noch eine Etage weiter nach unten, ins Zimmer des Kindes Jonquil. Sie legte sich auf sein kleines Bett, dessen

Kopfende mit Schafen bemalt war. Ihr Blick wanderte zum Fries an der Wand, und ihre Lider senkten sich sanft über dem Bild von zwei Kälbchen mit langen Wimpern auf einer Wiese von tiefstem Grün. Der Schlachthof war nicht abgebildet, es sei denn, der Fries reichte noch weiter, in andere Räume und unbekannte Häuser, die sie putzen würde, lange nachdem sie hier rausgeworfen worden war.

Das Geräusch einer Tür unten ließ sie hochfahren. Ihr Mund war trocken, und erst wusste sie nicht, wo sie war – oder wer. Sie kam auf die Beine. Ich muss mich entgegenstellen, dachte sie. Jedem Plünderer. Ich muss vor allem das vertäfelte Arbeitszimmer mit den Einbaumöbeln verteidigen, auf die man keine Politur sprayen darf. Es ist verboten, nur Wachs ist erlaubt. Ich muss den Wandsafe verteidigen, die Hardware, die Software: Ich muss die Kälber auf der Wiese verteidigen, die Sepiadecke. Sie schwankte hinaus zum Treppenabsatz. Joshua, der Sohn des Hauses, kam hoch zu ihr.

»Joshua? Bist du das? Ich dachte, du bist in der Schule.«

Er starrte zu ihr hoch. »Offenbar nicht, du Schwachsinnige.«

Joshuas Hose rutschte ihm von den Hüften und staute sich über den riesigen Turnschuhen. Das war ein Stil, den es heute auf der Straße nicht mehr gab, aber er und seine Schulfreunde blieben ihm treu. Sie waren das halbe Jahr in Wiltshire eingesperrt und wussten es nicht besser. Diese gebutterten Einfaltspinsel troffen vor Verachtung. Sie saßen in der Küche und rauchten, ließen die Asche auf den Boden fallen und lachten, stießen mit den Zehen nach ihr und taten so, als wäre es aus Versehen, wenn sie mit Kehrblech und Handfeger um ihre Füße kroch.

»Bist du allein?«, sagte sie. »Die Schule weiß, wo du bist?«

Sie begriff es. Es waren Joshua und seine Kumpel, die sich die Kälbchen vom Fries holten und ihnen die Köpfe abbissen, ohne sie auch nur zu häuten oder zu braten. Unmöglich, sich vorzustellen, dass er jemals staunend mit seinen Babyhänden über die Umrisse eines gemalten Bauernhofes gefahren war oder dass sein Kinderblick an einem Mobile mit Rotkehlchen und Libellen hängen geblieben war.

Sie musterte ihn. Er blockierte die Treppe. Die Zahl »69« haftete vorn auf seinem grob grauen Torso, und die Kapuze des Kleidungsstücks war weit vorgezogen, sodass sein Gesicht unschuldig leuchtete, rosa wie Schinken.

»Nimm es mir nicht übel, Joshua«, sagte sie. »Du hast nach einer Erklärung für deine Bestrafung gefragt. Ich habe sie dir gegeben.«

»Mach Essen«, sagte er.

»Sehr gut. Das kann ich tun. Was möchtest du?«

»Nenn mich Sir.«

»Nein.«

»Nenn mich Sir.«

»Das ist nicht richtig, Joshua. Sogar dein Vater, der von der Queen zum Sir gemacht ist, sagt, nennen Sie mich Mike.«

»Ist mir egal, wie du den Kotzbrocken nennst«, sagte er, »aber mich nennst du Sir, oder du wirst es bereuen.«

»Ich denke, ich werde es sowieso bereuen«, sagte Marcella. »Das mache ich meist.«

Abends hörte sie unten den Lärm einer Party. Das Klirren von zerschellendem Glas. Das panische Wumm, Wumm von Musik, die brutal ihrer Mutter, der Melodie, entrissen wurde: Musik, die wie eine auf einem Feld zurückgelassene Waise jammerte und um sich schlug. Was sollte sie tun? Joshua hatte einfach nicht auf ihre Einwände geantwortet. Als hätte er sie nicht gehört. Er hatte sie seinen Ellbogen spüren lassen. Sie fragte sich, ob er das wirklich getan hatte oder ob es nur ein Ausdruck war. Ihr Fleisch schien für seinen Ellbogen geformt, gehöhlt. Sie stellte sich den blauen Flecken vor. Sie übte die Geschichte ein, die sie Sir Mike erzählen würde. In beträchtlicher Zahl, ohne Warnung, und viele Fremde. Ihr Sohn hat mich seinen Ellbogen spüren lassen. Weggestoßen. Was sollte ich tun? In der Anzeige, Sir Mike, haben Sie nichts von alleiniger Verantwortung geschrieben. Hätten Sie das festgelegt, hätte ich gesagt, wer, ich, Marcella, soll den großen Jungen kontrollieren?

Seit sie diese Stelle hatte, ein Dach über dem Kopf, keinen Straßenräubern ausgesetzt war, besaß sie ein Handy, und sie hätte Sir Mike und die Lady angerufen: nur dass ihr Handy unten war, in ihrer Tasche, die sie bei der Kaffeemaschine hatte stehen lassen. Sie sah sie auf der Granitplatte vor sich, bei der Saphirkapsel. Wobei die Kapsel den Gewalttätigkeiten sicher schon lange zum Opfer gefallen war. Es war eine schwarze Tasche aus nachgemachtem Leder von guter Qualität. Sie hatte ein Auge für solche Dinge, da sie aus einem Land kam, in dem die Leute gut im Nachmachen waren, im Aufkleben von falschen Logos und in der Herstellung falscher Identitäten für hart arbeitende Bürger, die nach Übersee gingen. Warum, fragte sie sich, sprayen sie die Taschen nicht mit falschem Lederduft ein? Nichts sonst fehlt. Sie konnte die Tasche vor ihrem inneren Auge sehen, so weich und biegsam wie bestes Leder sein sollte. Drinnen befanden sich fünfzig Pfund. Es waren ihre Lebensersparnisse, die sie nur in diesem Haus hatte anlegen können. Sie wusste, die Partygäste mussten sie längst geraubt haben.

Um Mitternacht, hatte sie gedacht, werden sie ruhig, gehen hinunter in den Keller und sehen sich Pornos an. Dann stehle ich mich nach unten. Aber um Mitternacht strömten noch mehr Jugendliche herein, die Alarmanlage blinkte, und die Musik rüttelte an den Fundamenten. Alle paar Minuten brüllten neue Eindringlinge im Garten oder platzten durch die Haustür. Während sie unten wummerten, blinkten die Sicherheitslichter in den Nachbargärten, und sie fühlte sich in der Falle, in einem fernen Land, im langen Äquinoktium eines tropischen Sturms. Das Auge des Sturms zog über sie und heftete sie an die weiße Wand ihres Zimmers, wo sie der ganze Bezirk sehen konnte: ratlos, nutzlos. Um zehn waren die ersten Partygäste gekommen, und nachdem sie den Ellbogen gespürt hatte, war sie nach oben geflüchtet. Jetzt war es ein Uhr dreißig. Bald, dachte sie, mussten einige von ihnen umfallen, aus Erschöpfung. Vielleicht höre ich das Krachen ihres Umfallens. Vielleicht könnte ich wegen Platzwunden am Kopf oder Herzwiederbelebung gerufen werden: wofür ich Zertifikate habe. Ihr kam der Gedanke, dass jedes Pflichtversäumnis von ihr entschuldigt würde, wenn sie ein Leben retten könnte. Die Eltern des jungen geretteten Lebens würden sie sicher belohnen. Vielleicht gäben sie ihr sogar eine Stelle, mit einem richtigen Bett und alle zwei Wochen drei Tage Wochenende: Regelungen für Selbstachtung und gegenseitige Rücksicht.

Sie ging in Stellung, aufmerksam, direkt vor der Tür zu ihrem Zimmer. Kamen Schritte nach oben, wollte sie in ihr Zimmer flüchten und den Riegel vorschieben. Sie lauschte auf alles, was sie ausmachen konnte, über oder unter dem wummernden Rhythmus der Musik. An diesem Morgen war sie um vier Uhr aufgestanden, für das letzte Packen für den Skiurlaub. Also hatte sie fast zweiundzwanzig Stunden lang nicht geschlafen. Trotz des Lärms musste sie gedöst haben, stehend, den Kopf an der Wand. Die Polizeisirene ließ sie zusammenschrecken. Sie ging das Risiko ein, eine halbe Etage bis auf den Treppenabsatz hinunterzuschleichen, wo sie durch ein schmales Fenster einen Streifen Straße sehen konnte, und aus diesem Winkel sah sie Segmente eines zum Halten gekommenen Krankenwagens, Teile eines Jugendlichen, der zu ihm geführt wurde. Er hielt den Kopf gesenkt und hatte eine silberne Decke um sich, wie einen magischen Umhang, der dich vor Zaubersprüchen schützt.

Es war nicht Joshua. Wäre er weggeführt worden, hätte sie es vielleicht gewagt, nach unten zu gehen und zwischen den gefallenen Körpern durchzulaufen. Partygäste, die noch auf den Beinen waren, würden sich wahrscheinlich nicht an ihr stören oder sie nicht einmal bemerken. Sie würden an ihrem Benehmen erkennen, dass sie zum Saubermachen da war. Aber mit Joshua im Haus konnte sie es nicht wagen. Wenn sie jetzt darüber nachdachte, glaubte sie, dass er sie geschlagen hatte. Sie spürte einen ziehenden Schmerz in der Brust, den sie anders nicht erklären konnte. Da war ein Wundsein wie nach einem Schlag. Knöchel gegen ihre Brüste.

Nachdem die Polizei und der Krankenwagen gekommen und weggefahren waren, wurde es beunruhigend friedlich: Plötzliche Schreie schnitten hinein, und das Schlagen von Türen. Sie konnte in die Ruhe hineinhorchen und interpretieren: Es war furchterregender als der Lärm, der ihr alle Verantwortung genommen hatte zu verstehen, was sie hörte. Gegen diese Musik, dieses Vieh mit dem fremdartigen Puls, konnte niemand eine kleine, menschliche Handlung stellen. Aber jetzt musste man entscheiden. Marcella entschied sich zu schlafen. Sie schlug mit der Hand auf den Schrank und klappte ihr Bett heraus.

Es sei platzsparend, hatte die Lady Sophie gesagt, an Marcellas erstem Tag, als sie ihr gezeigt hatte, wo sie wohnen würde. Marcella hatte den Drang heruntergeschluckt zu sagen: Aber es ist mein Platz und ich würde ihn lieber nicht sparen, ich hätte lieber ein richtiges Bett. »Ich hoffe, Sie finden es bequem.« Die Lady hatte sie angesehen, als gefiele ihr nicht, was sie sah. »Die letzte Filipina war zierlich.«

»Ich bin keine Filipina«, hatte sie gesagt.

»Aber natürlich, wenn es da ein Problem gibt, sagen Sie es.«

»Es gibt kein Problem«, hatte sie gesagt, und das war die Antwort, die die Lady hatte hören wollen.

Ihr Schlaf, bis zum Morgengrauen, war unruhig. Als sie aufwachte, war es neun Uhr. Im silbrigen Licht eines anderen Landes hatte der Skiurlaub begonnen. Hier fiel Regen. Den ganzen Tag über ging sie nicht nach unten. Wenn sie es tat, würde sie saubermachen müssen, das Erbrochene und die Scherben, vielleicht das Blut. Sie hatte ein Gefühl für die Geräusche des Hauses, war erfahren mit ihnen, immer wachsam, nicht in die Ungestörtheit der Familie einzudringen. So sagte ihr das Spülen der Toiletten, dass noch ein paar Jugendliche im Haus waren. Die Anwesenheit von anderen konnte ihr vor Joshua Schutz bieten, aber wollte sie eine Bande von ihnen treffen, widerspenstig und betrunken – oder vielleicht schlimmer noch als betrunken?

Bald war das Wochenende vorüber. Sie hatten doch sicher Orte, wo sie hinmussten. Eltern würden sie erwarten, Schulen. Dann würde sie nach unten gehen und den Schaden zu bereinigen versuchen. Aber erst würde sie essen.

Seit ihrer mit schlechtem Gewissen getrunkenen Tasse Kaffee, an der Arbeitsfläche stehend, hatte sie nichts gegessen: An die Cantucci im Glas hatte sie sich nicht getraut, obwohl der Gedanke an Mandeln und Orangenschale quälend war. In ihrem Zimmer gab es nichts. Als sie im Haus angefangen hatte, hatte sie ein paar Müsliriegel bei sich, aber Sir Mike fand sie. Er entschuldigte sich, dass er ihr Zimmer in ihrer Abwesenheit durchsucht hatte, aber die »letzte Filipina« habe zugestimmt, Joshuas Drogen zu verstecken, sodass sie es für klug hielten, alle paar Tage eine Durchsuchung vorzunehmen.

»Aber ich würde nie Drogen verstecken«, sagte sie.

Sophie, die Lady, sagte: »Er hat dem letzten Mädchen keine Wahl gelassen.« Zu Sir Mike sagte sie: »Er kann sehr überzeugend sein, dein Sohn.«

»Sein Sohn?«, hatte Marcella gefragt. »Ist er nicht auch Ihr Sohn, Lady?«

»Großer Gott, für wie alt halten Sie mich?«

»Vierzig«, sagte Marcella wahrheitsgemäß.

»Sie hat sich nach Vancouver verpisst!«, rief die Lady. »Seine eigene Mutter. Ihn hat sie hiergelassen. Sie hat seinen Anblick nicht mehr ertragen, und jetzt habe ich ihn, für den Rest meines Lebens.«

Marcella war verwirrt. Ist es möglich, dass die Frau die erwähnte Reise gemacht hat, nicht weil sie ihren Mann, sondern weil sie Joshua verlassen wollte? Liefen Leute vor ihren eigenen Kindern davon? Sie hätte das für unmöglich gehalten, bis sie in diese Familie kam. »Ich habe ein behütetes Leben gehabt«, gab sie zu. Sie wandte sich an Sir Mike, mit einer Frage auf den Lippen, aber er sagte: »Marcella, wenn es Sie nicht stört, und ich sage das eher mit Bedauern als mit Ärger, würden Sie bitte keine Müsliriegel in Ihrem Zimmer aufbewahren? Sie ziehen Ungeziefer an.«

»Noch etwas«, sagte die Lady kühl. »Könnten Sie mich bitte Sophie nennen, was ganz in Ordnung wäre, oder Lady Sophie oder Ihre Ladyschaft, wenn es denn sein muss? Aber nennen Sie mich nicht ›Lady‹. Weil das ... unfein ist.« Sie wandte sich zur Tür. Die Durchsuchung war vorüber. Ihre Stimme war kalt. »Im Übrigen sind diese Riegel voller Zucker und Zusätze. Sie verkaufen sie als Naturkost, aber mal ernsthaft, haben Sie das Etikett gelesen?«

Nach dem Hunger, oder besser: mit ihm, kam die Langeweile. Marcella hatte ein Radio in ihrem Zimmer, aber sie traute sich nicht, es einzuschalten. Sie hoffte, Joshua hätte sie vergessen, und sie wollte ihn nicht daran erinnern, dass sie da war. Das Auge musste sich von der weißen Wand erholen, vom gelblichen Furnier der Kommode, die keine Kommode war, von der Schleifspur an der Wand, wo die letzte Filipina ihren Koffer über den Anstrich gezogen hatte. Marcella hatte ein drei Tage altes Exemplar des *Evening Standard.* Sie las es und las es. Sie dachte an *The Lady,* an den Raum über Cheep Cheep Chicken, an den heißen Atem ihrer Landsmänninnen, wenn sie sich trafen, den Knoblauch und Ingwer. An die grünen Kreuze, die roten Kreise und die blauen Sterne. Sie las die Stellenangebote, verstand die Jobs aber nicht. Vertäfeler. Was war das? Vielleicht konnte sie das?

Dann, nach der Langeweile und dem *Evening Standard,* musste sie Wasser lassen. Sie hatte eine Plastikblumenvase, und als sie halb voll war, stellte sie sich auf den Stuhl, balancierte sie vorsichtig und öffnete das Dachfenster. Wenn jemand auf dem Dach war, dachte sie, sagen wir, ein Vogel oder ein Mann, der die Regenrinnen reparierte, sagen wir, eine Möwe vom Meer: Sie wird eine kleine gelbe Hand erscheinen sehen, ein vorsichtiges Neigen des Gefäßes, dann das dünne Rinnsal auf dem Schiefer.

Als sie sich so erleichtert hatte, setzte sie sich auf ihren Stuhl und erlaubte sich einen Schluck aus dem Krug Wasser, der aus reinem Glück neben ihrer Bettstatt gestanden hatte, als die Belagerung begann. Es war trübe, und eine kleine Fliege oder Mücke war hineingefallen. Als sie mit dem Finger darauftupfte, verschwand sie unter der Oberfläche und entkam ihr. Endlich fing sie das Insekt an der Seite des Glases. Sie versuchte es herauszuziehen, aber es schmierte nur, dunkel und flüssig wie ein Tropfen Blut. Seine schmutzige Insektenessenz war jetzt im Wasser, aber sie trank es trotzdem. Sie erlaubte sich sechs kleine Schlucke. Sie hoffte, dass Joshua, bevor ihr vor Hunger schlecht wurde, bevor ihr Gedärm zu aufdringlich wurde, sich aus dem Haus trollte und zu seinen

Freunden nach Wiltshire fuhr, wo er damit angeben würde, wie er seine Eltern ausgetrickst und die Hilfe gestoßen hatte, dass sie umfiel und sich den Kopf anschlug.

Aber das geschah nicht. Am späten Nachmittag kam Joshua die Treppe herauf und klopfte an die Tür.

»Ich dachte, er wäre vielleicht zu krank«, sagte sie zu Mr Maddox, dem Butler. »Oder zu faul, oder er würde einfach nicht an mich denken. Aber er war nichts von allem, er stand vor der Tür. Ich wusste, der Riegel würde ihn nicht lange draußen halten. Obwohl ich verpflichtet bin zu sagen, dass er nicht gleich versuchte, sich gewaltsam Zutritt zu verschaffen.«

Seit sie das Wort »Vergewaltigung« ausgesprochen hatte, war der Butler ihrer Geschichte aufmerksam gefolgt. Jetzt schloss sie die Augen, und während sie an der Wand des Panikraums lehnte, konnte sie seine Ungeduld hören. Er wollte den Rest. »Wie wäre es damit gewesen, um Hilfe zu rufen?«, fragte er sie.

Sie schüttelte den Kopf. Die Straße war voller Häuser, aber wer in Notting Hill hätte eine einsame weibliche Stimme aus einem Dachfenster gehört? Nach welcher Art von Hilfe hätte sie außerdem rufen sollen? »Ich war«, sie setzte das Wort vorsichtig ein, »kein Casualty. Niemand hatte auf mich geschossen. Ich war in mein Zimmer gegangen, um in Panik zu geraten.«

Der Butler sagte: »Komm, Marcella, du kannst mir trauen. Warum sagst du nicht Desmond zu mir?«

»Weil es nicht respektvoll wäre«, sagte sie.

»Nein«, sagte er. »Ich frage dich nicht nach deinen Gründen, ich mache eine Einladung. Du kannst meinen Taufnamen benutzen.« Er hatte Mitleid mit ihr. »Ich sehe, deine Englischschule war nicht so gut, wie du dir vorstellst. Du verstehst einige offensichtliche Dinge nicht. Gebräuchliche Ausdrücke sind dir entflohen.

Aber ich hatte unrecht, als ich dir vorgeworfen habe, das Wort ›Casualty‹ nicht zu kennen. Früher kannten es alle, als es der Krankenhausflur war, wo verletzte Personen zusammengeflickt wurden, nachdem sie stundenlang gewartet hatten. Heute heißt es A&E, Unfälle und Notfälle.«

»Ich kenne A&E. Joshua wird da immer hinbrachte.«

»Pass auf deine Grammatik auf«, sagte der Butler wohlwollend. »Du solltest sagen: ›Joshua wird dort immer hingebracht.‹«

Als er seine Verbesserung machte, streckte Desmond den Arm aus und legte die Hand auf die Wand – als hielte er das normale Leben in Schach, bis die Geschichte beendet war. Sie hatte keine Vorurteile, konnte aber nichts gegen das Gefühl tun, dass seine schwarze Hand eine Spur hinterlassen würde: seine Fingerabdrücke. Er sagte: »Erzähl deine Geschichte, Marcella. Um es noch mal zu rekapitulieren: Es ist später Nachmittag. Du bist in Notting Hill in deiner Unterkunft unter dem Dach. Du bist hungrig und hast nicht gut geschlafen. Du bist in einem Zustand der Aufregung. Dir ist es misslungen, um Hilfe zu rufen, da du nicht wusstest, was du rufen solltest. Jetzt ist es zu spät. Joshua schlägt gegen die Tür. Du hast Grund zu glauben, weil du ihn beschuldigt hast, zu schnüffeln, dass er eine Verstimmung gegen dich pflegt. Einmal hat er dich schon misshandelt, indem er dich mit dem Unterarm geschlagen hat. Und jetzt?«

»Und jetzt nichts«, sagte sie.

»Nein, Marcella«, sagte Mr Maddox. »Bitte vertrau mir«, und er klopfte sich auf die oberen Rippen, »Verschwiegenheit residiert hier drin. Aber ich glaube nicht, dass er still wieder die Treppe hinuntergegangen ist. So hört diese Art Geschichte nicht auf.«

Das Klopfen an der Tür, wusste sie, war nur die Art des Jungen, sie auszulachen. »Sir«, rief sie, »der Riegel ist geschlossen. Ich habe etwas private Zeit.«

»Ich glaube, du isst Ungezieferriegel«, sagte Joshua. »Komm raus. Du kannst nach unten kommen und was Richtiges essen. Ich brauch dich, damit du das Haus saubermachst.«

Aber noch während er das sagte, rüttelte er an der Tür. Der Riegel gab nach, als er dagegen trat. Joshua stand in der Tür.

»Was hörst du immer?«, sagte sie. »Von den Eltern? Skiurlaub, sie genießen ihn?«

Sie klang selbst für die eigenen Ohren verzweifelt. Keine dieser Fragen hätte den Anforderungen der Englischschule genügt.

»Du hast mich die Tür eintreten lassen«, sagte Joshua. »Sie wird dir vom Lohn abgezogen.«

»Nein«, sagte Marcella. »Deine Eltern werden nie glauben, dass ich sie selbst eingetreten habe.«

»Ich sage, dass ich es war.« Wieder hatte Joshua kein Taschentuch und rieb sich mit dem Ärmel unter der Nase her. »Ich sage, dass ich sie eintreten musste, weil du hier eine Party gefeiert hast. Mit schwarzen Männern mit Drogen. Mit Spritzen, werde ich sagen. Ich sage, dass sie das ganze Haus eingerissen haben, deine Freunde.«

»Was willst du?«, fragte Marcella. »Meine Lebensersparnisse hast du schon.«

»Was?«, sagte er.

»Du hast meine Tasche.«

»Was soll ich mit deiner schäbigen Tasche?«

»Fünfzig Pfund«, sagte sie. »Sind drin. Bitte.«

Er lachte. »Hör zu«, sagte er. »Wenn ich fünfzig Pfund habe, sind sie gleich weg«, er schnipste mit den Fingern, »zack. Ein paar Pizzas. Ein Zwölferpack Bier. Weg.«

»Aber für mich ist es alles.«

»Mir schmilzt das Herz!« Er fasste sich an die »69« auf seiner Brust. Er trug noch die Sachen von gestern. »Entschuldige, wenn ich kotze.«

»Tu das nicht«, sagte sie mit leiser Stimme. »Wenn du das tust, musst du es selbst saubermachen.«

»Hört nur, wie das Teil mit mir redet!«, sagte er. Er schien außer sich. Als trüge sie die Schuld an den letzten vierundzwanzig Stunden. »Ein Mensch sollte schätzen, was er hat«, sagte er. Er ahmte ihre Stimme nach.

»Lass mich nach unten gehen«, sagte sie. »Lass mich an dir vorbei, Joshua. Ich mache dir französischen Toast. Ich hole dir ein Steak aus dem Tiefkühlschrank, so viel du willst, und du kannst Würstchen haben. Ich werde sie persönlich kaufen. Ich mache dir Pommes frites.«

Hunger wie ein Rausch, ihr war schwindelig. »Warum willst du mich aushungern? Und mich hier oben halten, wenn ich doch für dich sauber machen will?«

»Ihr Leute, Marcella ...« Er verweilte bei ihrem Namen, als träte er seine Füße darauf ab. »Ihr seid so voller Scheiße, das geht mir so verfickt auf die Nerven.«

»Ich mach dir Schokoladenmilch. Ich werde niemandem etwas sagen.«

»Immer das Gleiche. Staubwischen. Verdammte Eimer mit Seifenlauge die Treppe rauf- und runterschleppen. Kotzen könnte ich.« Sein Blick fuhr durch den Raum. Er schien nicht gut sehen zu können. »Wo ist dein Bett?«

»Im Schrank.«

»Was?«, sagte er. »Das ist nie ein Bett. Das sind doch Schubladen.«

Soll er selbst nachsehen, dachte Marcella. Sein Blick fiel auf ihr in der Ecke zusammengelegtes Bettzeug. Er begann ihr zu glauben.

»Zeig's mir«, sagte er, und dann, weil er keinen Moment mehr damit warten konnte, seine Absicht rauszubrüllen, schrie er: »Ich werde dich vergewaltigen.«

»Nein«, sagte sie. »Das wirst du nicht.«

Joshua knallte die Tür zu. Ein großer Schritt brachte ihn in die Mitte des Raumes. »Sei ein Mann, hast du gesagt. Du weißt, dass du das hast. Wenn du Nein sagst, bist du eine verdammte Lügnerin.«

Wenn sie nicht durchs Dachfenster davonflog, gab es keinen Ausweg. Sie kalkulierte, was sie tun sollte. Joshua begann gegen den Schrank mit dem Bett zu treten und riss an etwas, das er für eine Schublade hielt. Die Vorderwand fiel weg, ganz wie sie es tun sollte. Einen Moment lang wirkte er bestürzt: als wüsste er nicht, wie viel Kraft er hatte. Die Unterseite des Bettes bot sich ihm dar, er glotzte die Bettfedern an. Die Schaumstoffmatratze war eng zusammengefaltet, wie ein Mensch, der sich mit Magenkrämpfen krümmte. Er stieß nach der Matratze. Der Schrank bewegte sich quietschend auf seinen Rollen von ihm weg. Er schlug danach. »Au!« Er saugte an seinen Knöcheln, und sie fühlte den Schmerz tief in der Brust.

»Ich brauche kein Scheißbett in einem Schrank«, rief er. »Ich kann es auch an der Wand. Versuch nicht zu schreien.«

»Ich werde nicht schreien«, sagte sie.

Er starrte sie an. »Bist du blöde? Du musst schreien. Hast du nicht gehört, was ich machen werde?«

»Ja, Sir«, sagte sie, »aber das kannst du nicht. Weil Vergewaltigung ist eine gewaltsame Misshandlung, mit Gegenwehr. Aber ich wehre mich nicht, weil ich ausgehungert und schwach bin, und selbst wenn ich es nicht wäre, würdest du mich überwinden. Ich gehe das Risiko nicht ein, dass ich verletzt werde und in die A&E muss. Du musst mir nicht die Kleider herunterreißen, weil ich kein Geld für andere habe. Wenn du willst, ziehe ich sie selbst aus, oder wenn du es eilig hast, hebe ich nur den Rock hoch. Dann kannst du die Sache mit mir machen, wenn du weißt, wie. Es ist nicht wie Porno, wo die Frau immer offen ist. Es braucht Zeit. Es ist schwierig. Wie das Bett aus dem Schrank holen.«

Als er im Panikraum stand und die Geschichte zu Ende gehört hatte, sagte der Butler: »In Wahrheit, obwohl ich dem Jungen die Schuld gebe, hast du teilweise auch Schuld.«

»Warum?«, fragte Marcella.

»Ich glaube, du weißt, warum. Du hast ihn verspottet. Mit Schokoladenmilch. Pommes frites. Schokorosinen. Als wäre er ein hilfloses Kind.«

»Und er wollte zeigen, dass er ein Mann war«, sagte Marcella. »Und wenn Sie das auch ›verspotten‹ nennen, ich nicht. Ich weiß genau, wenn die Rosinen nicht in seiner Tasche wären, wenn er in die Schule kam, hätte er aus Wiltshire angerufen und die Hölle heiß gemacht. Offen gesagt will ich nicht in einer Welt leben, in der eine Frau einem Kind kein Essen anbieten kann, ohne dass er Lust kriegt, sie zu bedrohen.«

»Wir können uns die Welt, in der wir leben, nicht aussuchen«, sagte Desmond Maddox. »Höchstens vielleicht unsere Englischschule. Schniefen, schnüffeln: Das ist schon ein Unterschied.«

»Ich wurde beschuldigt, Müsliriegel zu haben. Das war ungerecht. Aber ich habe kein Chaos angerichtet.«

»Ich habe eine Frage«, sagte der Butler. »Wie hast du die Referenzen bekommen? Von Sir Mike? Du hast doch kein Briefpapier gestohlen?«

Marcella inspizierte die kleinen Snacks im Schrank des Panikraums. Sie hielt eine Packung in die Höhe und sagte: »Das hier ist abgelaufen.«

»Oh, Nüsse«, sagte Desmond. »Die sind okay. Du kannst sie auch nehmen, wenn du willst.«

»Schimmelig vielleicht«, sagte sie. »Ich gehe das Risiko ein.« Sie steckte die Packung in die Tasche. Es war ihre alte Tasche, aber ohne ihre Lebensersparnisse. Als sie aus dem Skiurlaub zurückgekommen waren, hatte Lady Sophie sie im Garten gefunden. »Ich wusste, es konnte nur Ihre sein«, sagte sie, als sie ihr die Tasche zurückgab.

»Wir hatten einmal einen Koch, der seine Referenzen gefälscht hat«, sagte Desmond. »Er wurde sofort wieder in den Wind geschickt. Solche Dinge kommen immer raus.«

»Ich kann nichts über seine Geschichte erraten«, sagte sie. »Ich glaube nicht, dass ihm passiert ist, was mir passiert ist.«

»Tatsächlich«, sagte Desmond, »verändere ich mich selbst bald. Die Straße hinunter, Regent's Park. Hinter einer Nash-Fassade zu arbeiten, sollte ich sagen, ist der Traum eines jeden Butlers. Du kommst also gerade nach St. John's Wood, Marcella, wenn ich hinausgehe.«

»Ah«, sagte sie. »Gerade, wo wir angefangen haben, uns zu duzen. Wer weiß, unsere Freundschaft hätte erblühen können. Haben Sie schon gekündigt?«

»Noch nicht, also pssst.«

Sie legte sich die Hand auf die Brust. »Verschwiegenheit residiert hier drin.«

»Ich habe die Stelle in *The Lady* gefunden«, sagte er. »Nette Familie. Sind nie mehr als ein, zwei, drei Wochen im Jahr in diesem Land. Bringen die ganze Entourage mit ihrem eigenen Koch mit, essen kein englisches Essen, aus Gründen des Geschmacks und der Hygiene und weil Gift hineinkommen könnte. Es ist also eine angenehme Nummer. Sicherheitswache, neun, zehn Monate im Jahr.«

Desmond hatte seine Hand von der Wand genommen. Ihre

Augen suchten und suchten nach einer Spur, aber sie konnte keine entdecken. Immer noch suchte sie, sie wollte in ihrer ersten Woche nicht wegen Unachtsamkeit kritisiert werden. Sie fragte: »Ihre neue Familie, hat die einen Panikraum?«

»Unter den Häusern dort«, sagte der Butler, »du solltest mal sehen, was da los ist. Da rechnet niemand auch nur mit der Hälfte. Die ganze Erde ist ausgehöhlt. Da drunter ist Weiträumigkeit. Der Panikraum ist siebenmal so groß wie der hier. Ganz London kann um sie zusammenbrechen, und ihr Tiefkühler ist immer noch voll. Alle Duschen haben seitliche Düsen-Dampfkabinen, dazu die Küche eine eingebaute Kaffeemaschine, Eismaschine, einen temperaturkontrollierten Weinschrank, eine Sous-vide-Maschine mit Vakuumversiegler und ein Luftfiltersystem, das allergikertauglich ist. Die Wände halten einer Nukularexplosion stand.«

»Nuklear«, sagte sie.

Sie sah den Ausdruck, der über sein Gesicht huschte: Verbessere mein Englisch nicht, gelbe Schlampe. Gleich wurde er wieder von gelangweilter Neutralität ersetzt, als er sie aus dem Panikraum die Treppe hinaufführte. Aber sie hatte ihn gesehen, und sie würde ihn nicht vergessen. Sie vergaß nichts, bis auf die Dinge, die auf den ersten Schlag gefolgt waren. Darüber lag eine Dunkelheit, die dahintrieb wie ein Fluss, eine Dunkelheit, die zu einem See zusammenfloss; dann, nach einiger Zeit, wie lange, konnte sie nicht sagen, waren da helles Licht, Stimmen und Schmerz. Als sie die Augen öffnete, war das Erste, was sie sah, das verwirrte, verängstigte Gesicht des Kindes Jonquil, das mit einem Tuch in den kleinen Fingern ihren Mund betupfte. Sie begriff, dass Joshua das Bett seiner Schwester für die Vergewaltigung benutzt hatte, weil ihres nicht verfügbar gewesen war. Aber sie konnte sich an nichts erinnern. Die Blutergüsse auf ihrem Rücken waren noch frisch, wo er sie die Treppe heruntergezogen hatte, aber sie spürte sie im

Moment nicht. Die schablonierten Schafe auf dem Kopfteil sagten: »Ja, Sir, nein, Sir, drei Säcke voll«, sie standen bis zu den Knien im üppigen Wiesengras. Die Rotkehlchen zitterten an ihren Drähten, als das Mobile im Luftzug klingelte.

In den nachfolgenden Tagen, nachdem Desmond sich verabschiedet und sie sich in ihre neue Stellung eingefunden hatte, dachte sie an den Butler und seine neuen Arbeitgeber in Regent's Park, und sie fragte sich, wie es ihnen wohl ging. Wenn sie nur einmal, zweimal, dreimal im Jahr kamen, gingen sie vielleicht nie in den Panikraum. Aber wenn die Notlage einträte und sie fänden sich unter der Erde wieder: Was würden sie tun, wenn die erste Panik abebbte, wenn sie in den dumpfen Zustand von Angst überging, in dem so viele von uns ihr Leben leben, wenn wir unsere heimatlichen Küsten und unsere Elternhäuser verlassen? Wie würden sie die Woche verbringen, wenn London zerfiel und streunende Hunde in den Straßen nach Futter suchten, wenn die Luftfilter verstopften und die Vorräte in den Tiefkühlern aufgebraucht sein würden? Würden sie Bücher zu lesen haben? Würden sie Puzzles zusammenfügen? Würden sie Spiele spielen? Sie stellte sich ernste Herren aus dem Nahen Osten vor, mit angehobenen weißen Gewändern, unter denen haarige Beine und schwarze Seidensocken zum Vorschein kamen. Sie stellte sich ihre in schwarze Stoffe gehüllten Frauen vor, Hände, die unter dem Schwarz hervorkamen und nach anderen Händen griffen, jeder Finger voll mit schweren Juwelen. Tanzen wir um den Maulbeerbusch. Ringel ringel Rose. Sie erinnerte sich an die Zeitung, den *Evening Standard,* der ihr über die langen Stunden in Notting Hill geholfen hatte. Die Stellungen, die sie hätte annehmen können. »Arbeit wartet«, hieß es in den Anzeigen. »Arbeiter für engen Raum gesucht.«

Arbeit wartete immer, man konnte ihr nicht entkommen. Vertäfeler und Monteure wurden gesucht, Bahnwärter, Fräser, Untermaurer, Vielhandelsadministratoren und Putzkolonnen. Als sie aus dem Krankenhaus gekommen war und wieder arbeiten konnte, war sie zu einer Agentur gegangen. Sie nannte diese Gewerbe und gab zu, nicht zu wissen, was sie waren. Sie rieten ihr, auf die Stärken zu bauen, die in ihrem Empfehlungsschreiben genannt wurden: *Marcella ist immer willig.* »Aber«, sagten sie, »Ihr kosmetischer Eindruck ist schlecht.«

Das stritt sie nicht ab. Sie hatte bei dem Angriff Zähne verloren. Aber früher oder später verlieren wir alle welche. Das hatte sie der Frau von der Agentur gesagt, die daraufhin zustimmte, ihren Lebenslauf in den Akten zu halten. Eine Woche verging, und nichts passierte, obwohl sie jeden Tag anrief.

Jeden Tag sah sie in den *Standard.* Schweißer wurden gesucht, Anstreicher und Hersteller. Das Wort zog an ihrer Aufmerksamkeit: Hersteller. Wie gewohnt hatte sie wieder zu *The Lady* gegriffen, und dort fand sie ihre gegenwärtige Stellung in St. John's Wood. Als sie zum Vorstellungsgespräch eingeladen wurde, ging eine Freundin von ihr, eine mit mehr Zähnen, und als sie sich an ihrem ersten Tag meldete, hatte niemand gesagt: Aber Sie sind nicht die Frau, die wir in der letzten Woche gesehen haben. Desmond hatte nur gesagt: »Ich bin Mr Maddox, der Butler.« Sein Blick war über sie geglitten, er hatte sie in Augenschein genommen, ihr das Haus gezeigt und ihr erlaubt, in den Panikraum zu gehen, den ersten, den sie je gesehen hatte.

Manchmal träumt sie in St. John's Wood von ihrer alten Stelle und wie es damit zu Ende ging: mit einem erhitzten Wortwechsel, mit dem Krachen des Schrankbetts über den Boden: mit Schwärze, mit Abwesenheit. Sie ist sich nicht mehr sicher, ob alles genau so war, wie sie es dem Butler erzählt hat. Es kann sein, dass sie ein Hersteller war. Dass etwas einen Anstrich bekommen hat, untermauert wurde. Zeit ist vergangen. Sie heilt alles, wie sie beteuern. Vielleicht war der Schmerz, den sie empfand, ein gebrochenes Herz, nicht die Knöchel. Vielleicht ist ihr das alles gar nicht passiert, sondern ihrer Freundin. Frauen arbeiten gegenseitig für ihre Löhne, Namen werden gelöscht, Geschichten vereint, man hält diese Freundinnen nicht auseinander, wenn sie sich in ihre Decken rollen, nur die Köpfe noch sichtbar sind, die Augen geschlossen, in einem Miasma aus Hähnchenfett und Brätöl liegen sie da. Der Junge wird bestraft. Er wird sagen, er versteht nicht, warum. Die Kamera fängt ihn auf den Stufen zum Gericht ein, er hält einen Hamburger in der Hand, der Mund ist erwartungsvoll geöffnet. Umstrittene Versionen von Gesprächen kommen zur Sprache. (Schniefen, schnüffeln.) Die Frage der Zustimmung wird erörtert: Wann hat sie ihre gegeben? Als sie ihr Land verließ? Als sie die Stelle annahm? Als sie zustimmte, geboren zu werden? Der Fall wird aufgrund des Mangels an Beweisen in sich zusammenfallen. Geld wird Hände wechseln. Hier in St. John's Wood wird sie sicher sein – oder nicht. Sie träumt vom Aufwachen, und es ist nur der Traum, der sie denken lässt, das ist Marcella passiert und niemandem sonst. Sie sieht das Sonnenlicht der Alpen scharf wie Glas und das Kind Jonquil, das ihr, zurück aus dem Skiurlaub, das Blut vom Gesicht tupft.

Die Ermordung Margaret Thatchers

25. April 1982, Downing Street: Verkündung der Rückeroberung des zu den Falklandinseln gehörenden South Georgia.

Mrs Thatcher: Der Verteidigungsminister ist gerade gekommen, um mir eine sehr gute Nachricht zu überbringen …

Verteidigungsminister: … die Nachricht, die wir erhalten haben, ist, dass britische Truppen heute Nachmittag kurz nach 16:00 Uhr Londoner Zeit auf South Georgia gelandet sind … Der Kommandant der Operation schickt folgende Nachricht: »Sind erfreut, Ihrer Majestät mitteilen zu können, dass unsere Seekriegsflagge neben dem Union Jack auf South Georgia flattert. Gott schütze die Königin.«

Mrs Thatcher: Freuen Sie sich über die Neuigkeiten und gratulieren Sie unseren Streitkräften und den Marine-Infanteristen. Gute Nacht.

Mrs Thatcher wendet sich der Tür von Downing Street Nummer 10 zu.

Reporter: Treten wir in einen Krieg mit Argentinien ein, Mrs Thatcher?

Mrs Thatcher *(ihre Türschwelle übertretend)*: Freuen Sie sich.

Die Ermordung Margaret Thatchers: 6. August 1983

Stellen Sie sich zuerst die Straße vor, in der sie ihren letzten Atemzug nahm. Es ist eine ruhige Straße, beschaulich, von alten Bäumen beschattet: eine Straße mit hohen Häusern, die Fassaden wie mit weißem Zuckerguss bestrichen, das Mauerwerk honigfarben. Einige sind georgianisch flach, einige viktorianisch, mit schimmernden Erkern. Die Häuser sind zu groß für moderne Haushalte, und die meisten wurden in Wohnungen unterteilt. Aber das zerstört weder die Eleganz ihrer Proportionen, noch beeinträchtigt es den tiefen Glanz der mit Messing beschlagenen dunkelblauen oder waldgrünen Kassettentüren. Der einzige Nachteil des Viertels ist, dass es mehr Autos als Stellplätze am Straßenrand gibt. Die Anwohner parken Stoßstange an Stoßstange und legen ihre Parkausweise hinter die Scheiben. Wer eine Einfahrt hat, wird oft darin eingeparkt. Aber die Leute sind geduldig. Sie sind stolz auf ihre hübsche Straße und bereit, dafür zu leiden, dass sie hier wohnen. Wer den Blick hebt, sieht ein zerbrechliches georgianisches Oberlicht, einen warmen Bogen Terrakotta-Fliesen oder funkelndes Buntglas. Im Frühling kleiden sich die Kirschbäume in extravagante Blütenrüschen, und wenn der Wind die Blätter abstreift, treiben sie in rosa Wolken durch die Luft und bedecken die Bürgersteige, als hätten Riesen in der Straße Hochzeit gefeiert. Im Sommer weht Musik aus offenen Fenstern: Vivaldi, Mozart, Bach.

Die Straße selbst beschreibt eine sanfte Kurve und vereinigt sich mit der Hauptstraße, die aus der Stadt hinausführt. Die Dreifaltigkeitskirche auf ihrer Insel ist mit Garnisonsflaggen behängt. Aus einem hochgelegenen Fenster über die Stadt sehend (wie ich es am Tag der Ermordung getan habe), spürt man die Nähe von Festung und Burg. Werfen Sie einen Blick nach links, und der runde Turm tritt in den Blick und drückt förmlich gegen die Scheiben. An Tagen mit Nieselregen und treibenden Wolken zieht der Bergfried sich jedoch zurück, der zur Hälfte ausradierten Zeichnung eines Amateurkünstlers gleich. Seine Konturen weichen auf, die Ecken verbleichen, und er versinkt in der vom Fluss aufsteigenden

rauen Kälte und scheint eher ein verschleierter Berg als eine Königs-
burg zu sein.

Die Häuser rechts vom Trinity Place – ich meine, rechts, wenn
man aus der Stadt hinaussieht – haben große Gärten, die sich heute
jeweils drei oder vier Parteien teilen. In den frühen 1980ern hatte
sich England noch nicht dem Brandgeruch ergeben. Der wochen-
endliche Grillgestank war noch unbekannt, von den am Fluss gelegenen Gin-Palästen Maidenheads und Brays einmal abgesehen.
Unsere Gärten, so makellos sie gepflegt waren, wurden kaum be-
treten. Es gab keine Kinder in der Straße, nur junge Paare, die sich
noch nicht fortgepflanzt hatten, sowie ältere Paare, die höchstens
einmal die Türen öffneten, um eine abendliche Party auf die Terrasse auszudehnen. An warmen Nachmittagen dörrten die Rasen-
flächen unbeaufsichtigt vor sich hin, und Katzen rollten sich auf der
krümeligen Erde steinerner Pflanzvasen. Im Herbst kompostierte
sich das herabfallende Laub selbstständig in den tiefer liegenden Pa-
tios der Souterrainwohnungen und wurden von ihren enervierten
Eignern weggeschaufelt. Der Winterregen durchnässte die Büsche,
ohne dass es jemand gesehen hätte.

Im Sommer 1983 aber fand sich diese vornehme, von Einkaufen-
den und Touristen missachtete Ecke im Brennpunkt des nationa-
len Interesses wieder. An die Gärten von Nummer 20 und 21 grenzte
das Grundstück eines privaten Krankenhauses, eines anmutigen,
hellen, an einer Straßenecke liegenden Gebäudes. Drei Tage vor
ihrer Ermordung begab sich die Premierministerin für eine kleine
Augenoperation in dieses Krankenhaus, worauf sofort alles kopf-
stand. Fremde schubsten die Anwohner herum. Zeitungsleute und
Fernsehteams blockierten die Straße und parkten ohne Erlaubnis
in Einfahrten. Man sah sie den Spinner's Walk hinauf- und hinun-
terlaufen und Kabel und Lampen hinter sich herziehen, immer
einen Blick auf das zur Clarence Road hinausgehende Eingangstor

des Krankenhauses gerichtet, die Hälse mit Kameras behängt. Alle paar Minuten verschmolzen sie zu einer Masse wogender Kampfjacken, als wollten sie sich gegenseitig versichern, dass nichts geschah – aber dass etwas geschehen würde, irgendwann. Sie warteten, und während sie warteten, schlürften sie Orangensaft aus Kartons und Bier aus Flaschen, sie aßen, krümelten sich auf die Bäuche und warfen verschmierte Papiertüten auf die Beete. Der Bäcker am Ende der St Leonard's Road hatte um zehn Uhr vormittags bereits keine Käsebrötchen mehr, alles andere war mittags verkauft. Leute aus Windsor standen auf dem Trinity Place zusammen, Einkaufstüten drängten sich auf niedrigen Mauern. Wir spekulierten darüber, wie wir zu dieser Ehre kamen und wann sie wohl wieder verschwinden würde.

Windsor ist nicht das, was Sie denken. Es hat seine Intelligenzija. Wenn man sich von der Burg zum Ende der Peascod Street hinunterschlängelt, stößt man nicht mehr nur auf royalistische Speichellecker, und wer über die Abzweigung zur Leonard's Road wechselt, kann womöglich sogar heimliche Republikaner riechen. Für die örtlichen Sozialisten war das bei den Wahlen jedoch nur ein schwacher Trost, und die Leute murrten, Stimmen für sie seien verschenkte Stimmen. Sie mussten die Stärke ihrer Gefühle durch taktisches Wählen ausdrücken und ihre Einstellung bei extravaganten Veranstaltungen im Arts Centre unter Beweis stellen. Das war erst kürzlich in der alten Feuerwache eingerichtet worden und ein Ort, an dem Dichter im Selbstverlag eine Bühne fanden und saurer weißer Wein aus Kartons ausgeschenkt wurde. Samstagmorgens gab es Selbstbehauptungs-, Yoga- und Bilderrahmkurse.

Aber als Mrs Thatcher zu Besuch kam, gingen die Dissidenten auf die Straße. Sie bildeten Knoten, inspizierten das Pressecorps und wandten dem Krankenhaustor demonstrativ den Rücken zu, wo eine Reihe wertvoller Parkbuchten markiert und mit Schildern versehen waren: *DOCTORS ONLY*.

Eine Frau sagte: »Ich habe einen Doktortitel und bin oft versucht, dort zu parken.« Es war früh, und ihr Brot war noch warm vom Bäcker. Sie drückte es wie ein Haustier an ihre Brust und sagte: »Hier fliegen einige heftige Meinungen durch die Gegend.«

»Meine ist ein Dolch«, erwiderte ich, »und der fliegt geradewegs in ihr Herz.«

»Das«, sagte sie bewundernd, »ist die stärkste Gefühlsäußerung, die ich bisher gehört habe.«

»Ich muss zurück in meine Wohnung«, sagte ich. »Ich warte auf den Handwerker, mein Boiler ist kaputt.«

»Das ist Pech«, sagte sie. »Wen haben Sie? Duggan? Wir haben Duggan. Er erpresst uns alle, aber was soll man machen? Hören Sie, soll ich Ihnen meine Nummer geben?« Sie schrieb sie mir auf den nackten Arm, da wir beide kein Papier dabeihatten. »Rufen Sie mich an. Gehen Sie manchmal ins Arts Centre? Da könnten wir uns auf ein Glas Wein treffen.«

Ich stellte gerade meine Flasche Perrier in den Kühlschrank, als es an der Tür klingelte. Ich dachte, wir wissen es noch nicht, aber wir werden einmal gern an die Zeit zurückdenken, als Mrs Thatcher hier war: Neue Freundschaften bildeten sich auf der Straße, mit Geplauder über Installateure und unsere Erfahrungen mit ihnen. In der Wechselsprechanlage knisterte es wie gewöhnlich, als hätte jemand das Kabel in Brand gesetzt. »Kommen Sie herauf, Mr Duggan«, sagte ich. Es konnte nicht schaden, ihn respektvoll zu behandeln.

Ich wohnte im dritten Stock, die Treppe war steil und Duggan schwergewichtig. Deshalb war ich überrascht, wie schnell er an die Tür klopfte. »Hallo«, sagte ich. »Haben Sie einen Parkplatz für ihren Transporter gefunden?« Auf dem Treppenabsatz stand ein Mann in einer billigen Steppjacke. Mein unschuldiger Gedanke war, das ist Duggans Sohn. »Wegen des Boilers?«, fragte ich.

»Genau«, sagte er.

Er wuchtete sich in die Wohnung, die Installateurstasche in der Hand. In der schuhschachtelgroßen Diele standen wir Nase an Nase. Seine Jacke, mehr als angemessen für den englischen Sommer, füllte den Raum zwischen uns aus. Ich drückte mich nach hinten. »Was ist denn damit?«, sagte er.

»Er ächzt und knallt. Ich weiß, es ist August, aber …«

»Nein, Sie haben recht, Sie haben ja recht. Dem Wetter ist nicht zu trauen. Werden die Heizkörper warm?«

»Stellenweise.«

»Sie haben Luft im System«, sagte er. »Ich lasse sie raus, während ich warte. Warum auch nicht. Wenn Sie einen Schlüssel haben.«

Jetzt kam mir ein Verdacht. Während ich warte, hatte er gesagt. Worauf? »Sind Sie Fotograf?«

Er antwortete nicht, befühlte und durchsuchte nur seine Taschen und runzelte die Stirn.

»Ich dachte, Sie sind der Installateur. Sie sollten hier nicht einfach so hereinmarschieren.«

»Sie haben mir aufgemacht.«

»Nicht Ihnen. Im Übrigen weiß ich nicht, warum Sie sich die Mühe machen. Sie können das Eingangstor von dieser Seite aus nicht sehen. Sie müssen hier raus«, sagte ich eindringlich, »und dann links.«

»Es heißt, sie kommt hinten heraus. Da ist es doch der ideale Platz, um sie zu erwischen.«

Aus meinem Schlafzimmer hatte man einen perfekten Blick auf den Krankenhausgarten. Jeder, der seitlich ums Haus ging, konnte das sehen.

»Für wen arbeiten Sie?«, sagte ich.

»Das müssen Sie nicht wissen.«

»Vielleicht nicht, aber Sie könnten es mir aus Freundlichkeit sagen.«

Ich wich in die Küche zurück, und er folgte mir. Der Raum war sonnenhell, und ich sah ihn jetzt besser: Er war untersetzt, in seinen Dreißigern, ungepflegt, hatte ein rundes, freundliches Gesicht und widerspenstiges Haar. Er stellte seine Tasche auf den Tisch und zog die Jacke aus. Plötzlich war er nur noch halb so massig. »Sagen wir, ich bin Freiberufler.«

»Trotzdem«, sagte ich. »Ich sollte etwas dafür bekommen, dass Sie meine Wohnung benutzen. Das wäre nur fair.«

»Das können Sie nicht beziffern«, sagte er.

Seinem Akzent nach zu urteilen, kam er aus Liverpool. Er hörte sich völlig anders an als Duggan oder Duggans Sohn, hatte aber erst etwas gesagt, als er oben vor der Tür stand. Wie hätte ich es also merken sollen? Er hätte der Installateur sein können, sagte ich mir. Ich hatte mich nicht wie eine komplette Idiotin hereinlegen lassen. Einen Moment lang ging es mir nur um meine Selbstachtung. Frage nach einem Ausweis, bevor du einen Fremden hereinlässt, raten einem die Leute. Aber stellen Sie sich den Krawall vor, den Duggan gemacht hätte, hätte ich seinen Jungen auf der Treppe warten lassen, ihn daran gehindert, zum nächsten Boiler auf seiner Liste zu kommen, und damit seine Chancen zum Beutemachen geschmälert.

Aus dem Küchenfenster sah man auf den Trinity Place hinunter, auf dem es von Leuten nur so wimmelte. Wenn ich den Hals reckte, konnte ich links weitere Polizisten ausmachen, die aus Richtung des Privatparks am Clarence Crescent kamen. »Möchten Sie eine?« Mein Besucher hatte seine Zigaretten gefunden.

»Nein. Und es wäre mir lieber, wenn Sie auch nicht rauchten.«

»Verstehe.« Er stopfte die Schachtel zurück in die Tasche und zog ein zusammengeknülltes Taschentuch heraus, trat etwas vom großen Fenster zurück und wischte sich das Gesicht ab, das so grau und zerknittert wie sein Taschentuch war. Dieser Mann war es eindeutig nicht gewohnt, in fremde Wohnungen einzudringen, und ich ärgerte mich mehr über mich als über ihn. Er musste seinen Lebensunterhalt verdienen, und vielleicht konnte man es ihm nicht vorwerfen, in eine fremde Wohnung einzudringen, wenn ihm eine Närrin wie ich die Tür aufhielt. Ich sagte: »Wie lange gedenken Sie zu bleiben?«

»Sie wird in einer Stunde erwartet.«

»Verstehe.« Das erklärte das größer werdende Gedränge und den Tumult unten auf der Straße. »Woher wissen Sie das?«

»Wir haben ein Mädchen drinnen. Eine Schwester.«

Ich gab ihm zwei Stücke Küchenpapier. »Danke.« Er trocknete sich die Stirn. »Sie kommt heraus, und die Ärzte und Schwestern stellen sich in einer Reihe auf, damit sie ihnen ihre Anerkennung zollen kann. Sie wird an ihnen entlanggehen, Danke und Auf Wiedersehen sagen, um die Ecke tappen, in eine Limousine steigen, und schon ist sie weg. So ist es geplant. Eine genaue Zeit habe ich nicht. Deswegen dachte ich, wenn ich frühzeitig hier bin, könnte ich alles aufbauen und mir den besten Platz aussuchen.«

»Wie viel bekommen Sie dafür?«

»Lebenslänglich ohne Bewährung«, sagte er.

Ich lachte. »Es ist kein Verbrechen.«

»Das finde ich auch.«

»Ist es nicht etwas weit?«, sagte ich. »Ich meine, ich weiß, Sie haben besondere Objektive und sind der Einzige hier oben, aber wollen Sie keine Nahaufnahme?«

»Nein«, sagte er. »Solange ich unverstellte Sicht habe, ist das mit der Entfernung ein Kinderspiel.«

Er zerknüllte das Küchenpapier und sah sich nach einem Abfalleimer um. Ich nahm ihm das Papier ab, und er grunzte und machte sich daran, seine Tasche aufzuschnüren. Sie war aus Stoff und hätte, wie ich dachte, auch für Handwerker oder Vertreter getaugt. Und dann holte er nacheinander verschiedene Metallteile heraus, die ganz sicher nicht zu einer Kameraausrüstung gehörten, was selbst ich in meiner Ignoranz erkannte. Er begann sie zusammenzubauen und hatte ganz offenbar handwerkliches Geschick. Er sang bei der Arbeit, kaum hörbar, ein kleines Lied, wie sie es im Fußballstadion singen:

»Du dri-dra-dreckiger Liverpooler
Bist nur glücklich, wenn's Stütze gibt,
Dein Vater klaut, deine Mutter dealt,
Lass wenigstens unsere Radkappen dran.«

»Drei Millionen Arbeitslose«, sagte er. »Die meisten davon in unserer Gegend. Hier ist das sicher kein Problem.«

»O nein. Hier gibt's genug Geschenkartikelläden, um allen einen Job zu geben. Waren Sie drüben in der High Street?«

Ich dachte an die Touristentrauben, die sich gegenseitig von den Bürgersteigen drängten und um Andenkenblech und aufziehbare Beefeater kämpften. Es könnte ein anderes Land sein. Von der Straße unten drangen keine Stimmen herauf. Unser Mann summte selbstvergessen vor sich hin, und ich fragte mich, ob sein Lied noch eine zweite Strophe hatte. Jedes Teil aus seiner Tasche wischte er mit einem Tuch ab, das sauberer als sein Taschentuch war, und behandelte es mit großer Andacht, wie ein Messdiener, der die Kelche fürs Hochamt poliert.

Als das Instrument zusammengesetzt war, hielt er es prüfend vor sich hin. »Ein Klappschaft«, sagte er. »Das ist das Tolle daran. Passt in eine Cornflakes-Schachtel. Sie nennen es einen Witwenmacher. Allerdings nicht in diesem Fall. Der arme, verdammte

Dennis, was? Er wird sich seine Eier von jetzt an selbst kochen müssen.«

Im Nachhinein betrachtet, fühlt es sich an, als hätten wir Stunden im Schlafzimmer zusammengesessen, er auf einem Klappstuhl am Schiebefenster, seinen Becher Tee in beiden Händen, den Witwenmacher zu seinen Füßen. Ich selbst saß auf dem Rand des Betts, über das ich schnell die Decke gezogen hatte, damit es einigermaßen ordentlich aussah.

Er hatte seine Jacke aus der Küche mitgebracht, vielleicht waren die Taschen voller Attentäter-Requisiten. Als er sie aufs Bett warf, rutschte sie gleich wieder hinunter. Ich versuchte sie festzuhalten, und meine Hand wischte über das Nylon, das sich wie ein Reptil anfühlte. Die Jacke schien ein eigenes Leben zu haben. Ich zog sie aufs Bett neben mich und hielt den Kragen fest, was er mit einem anerkennenden Blick bedachte.

Er sah immer wieder auf die Uhr, obwohl er doch sagte, dass er keine genaue Zeit habe. Einmal rieb er mit dem Handteller darüber, als wäre das Glas vernebelt. Aus dem Augenwinkel versicherte er sich, dass ich noch war, wo ich sein sollte, und behielt auch meine Hände im Blick: wo er sie, wie er mir erklärte, gerne habe. Dann richtete er den Blick wieder auf den Rasen unten und die hinteren Zäune. Wie um seinem Ziel näher zu kommen, wippte er mit dem Stuhl nach vorn.

Ich sagte: »Es ist die falsche Weiblichkeit, die ich nicht ertrage, und die aufgesetzte Stimme. Die Art, wie sie mit ihrem Dad, dem Lebensmittelhändler, und dem, was er ihr alles beigebracht hat, angibt, wobei doch klar ist, dass sie es jetzt noch ändern würde, wenn sie könnte, und lieber das Kind reicher Eltern wäre. Es ist die Art, wie sie die Reichen vergöttert und ihnen huldigt. Ihr Philistertum und ihre Ignoranz und wie sie sich darin suhlt. Es ist ihr fehlendes Mitleid. Warum braucht sie eine Augenoperation? Weil sie nicht weinen kann?«

Als das Telefon klingelte, zuckten wir beide zusammen. Ich verstummte mitten im Satz.

»Gehen Sie ran«, sagte er. »Es wird für mich sein.«

Es war schwer für mich, mir das Netzwerk und all die Vorkehrungen vorzustellen, die hinter den Plänen für diesen Tag steckten. »Moment«, sagte ich, als ich ihn fragte, ob er Tee oder Kaffee wolle, und den Kessel einschaltete. »Sie wissen, dass ich den Installateur erwarte? Ich bin sicher, er kommt jeden Moment.«

»Duggan?«, sagte er. »Nein, nein.«

»Sie kennen Duggan?«

»Ich weiß, dass er nicht kommen wird.«

»Was haben Sie mit ihm gemacht?«

»Oh, Himmel noch mal.« Er schnaubte. »Warum sollten wir ihm was tun? Das ist nicht nötig. Er hat Bescheid bekommen. Wir haben überall Kumpel.«

Kumpel. Ein angenehmes Wort. Fast schon archaisch. Lieber Gott, dachte ich, Duggan ist ein IRA-Mann. Nicht, dass mein Besucher es ausgesprochen hätte, aber ich sagte es laut in meinem Kopf. Das Wort, die drei Buchstaben, schockierte oder bestürzte mich nicht so, wie es vielleicht bei Ihnen der Fall gewesen wäre. Das sagte ich ihm, während ich die Milch aus dem Kühlschrank holte und darauf wartete, dass das Wasser kochte. Ich sagte, ich würde Sie aufhalten, wenn ich könnte, aber es wäre allein aus Angst um mich selbst und davor, was mit mir geschehen wird, wenn Sie es getan haben. Was übrigens was sein wird? Ich bin kein Freund dieser Frau, allerdings glaube ich nicht (fühlte ich mich gezwungen hinzuzufügen), dass Gewalt irgendetwas löst. Aber ich würde Sie nicht verraten, weil …

173

»Ja, ja«, sagte er. »Alle haben sie eine irische Oma. Das garantiert gar nichts. Ich bin wegen Ihrer Aussicht hier, und mir ist egal, wem gegenüber Sie eine Affinität haben. Bleiben Sie vom Fenster vorn weg und fassen Sie das Telefon nicht an, oder ich schlage Sie tot. Mich interessieren die Lieder nicht, die ihre verdammten Großonkel samstagabends gesungen haben.«

Ich nickte. Es waren nur meine eigenen Gedanken gewesen. Rührseligkeit ohne Substanz.

»Der Bänkelsänger zieht in den Krieg,
In den Reihen des Todes wirst du ihn finden.
Das Schwert des Vaters hat er umgebunden
Und die wilde Harfe auf dem Rücken.«

Meine Großonkel (er hatte recht, was sie betraf) hätten keine wilde Harfe erkannt, selbst wenn eine auf sie losgegangen wäre und sie in den Hintern gebissen hätte. Ihr Patriotismus war nur eine Ausrede dafür, sich den Blick schief zu trinken, so ähnlich nannten sie es, während ihre Frauen Tee schlürften, Ingwerplätzchen aßen und anschließend hinten in der Küche den Rosenkranz beteten. Die ganze Sache war eine Ausrede. Dafür, dass wir unterdrückt werden. Dass wir hier sitzen und unterdrückt werden, während andere Leute auf ihre unchristliche Weise etwas aus sich machen und sich dreiteilige Anzüge kaufen. Während wir hier sitzen und »La-la-la auld Ireland« singen (weil wir nach all der Zeit den Text vergessen haben), schlichten unsere Nachbarn ihren Streit, lassen ihre Herkunft hinter sich und greifen zu modernen, nicht sektiererischen Formen der Stigmatisierung, die sich in modernen Liedern niederschlagen: »Du dri-dra-dreckiger Liverpooler«. Ich persönlich bin keine Liverpoolerin, aber den Norden scheren im Süden alle über einen Kamm. Und in Berkshire und in der Gegend um London sind alle Gründe, alle Ideen, für die ein Mensch sterben wollen könnte, nichts als Ärgernisse, Verstöße gegen den Frieden, und wahrscheinlich verursachen sie auch noch Verkehrsstaus und Zugverspätungen.

»Sie scheinen ja gut über mich Bescheid zu wissen«, sagte ich und klang verärgert.

»So weit es nötig ist. Ich meine, nicht dass Sie was Besonderes wären. Sie können helfen, wenn Sie wollen, und wenn Sie es nicht wollen, verhalten wir uns entsprechend.«

Er redete, als hätte er Komplizen. Aber er war allein. Ein Mann. Wenn auch ein massiger, selbst ohne Jacke. Nehmen wir an, ich wäre ein überzeugter Tory gewesen oder eine der frommen Seelen, die keiner Fliege was zuleide tun können: Ich hätte dennoch nichts Heikles probiert. Er hielt mich offenbar für fügsam, oder vielleicht traute er mir sogar ein wenig, seinem Spott zum Trotz. Auf jeden Fall ließ er zu, dass ich ihm mit meinem Becher Tee ins Schlafzimmer folgte. Seinen eigenen Tee hielt er in der linken, sein Gewehr in der rechten Hand. Das Klebeband und die Handschellen blieben auf dem Küchentisch zurück, wo er sie beim Auspacken seiner Tasche hingelegt hatte. Und jetzt ließ er mich an das Telefon auf meinem Nachttisch gehen und ihm den Hörer geben. Ich hörte die Stimme einer Frau, jung, zaghaft und weit weg. Man hätte nicht gedacht, dass sie im Krankenhaus gleich nebenan war. »Brendan?«, sagte sie, und ich nahm nicht an, dass das sein richtiger Name war.

Er legte den Hörer so heftig auf, dass es schepperte. »Es gibt eine verdammte Verzögerung. Sie denkt, so um die zwanzig Minuten. Oder dreißig, es könnten sogar dreißig sein.« Er ließ die Luft aus der Lunge fahren, als hätte er, seit er die Treppe heraufgestampft war, den Atem angehalten. »Verdammt, verdammt. Wo ist das Klo?«

Man kann jemanden überraschen, indem man »Affinität« sagt, dachte ich, und dann »Wo ist das Klo?« folgen lassen. Nicht gerade der gute Windsor-Ton. Eine wirkliche Frage war es auch nicht. Die Wohnung war zu klein, als dass es viele Möglichkeiten gegeben hätte. Er nahm seine Waffe mit. Ich hörte, wie er urinierte. Den Wasserhahn aufdrehte. Ich hörte es plätschern, hörte ihn herauskommen und den Reißverschluss hochziehen. Sein Gesicht war gerötet, wo er es abgetrocknet hatte. Er ließ sich auf den Klappstuhl fallen, dessen zerbrechliches Rohrgeflecht ein Jammern hören ließ. Er sagte: »Sie haben eine Nummer auf Ihrem Arm stehen.«

»Ja.«

»Von wem ist sie?«

»Von einer Frau.« Ich tupfte mit dem Zeigefinger auf die Zunge und fuhr damit über die Zahlen.

»So kriegen Sie das nicht weg. Dazu brauchen Sie Seife und müssen gut rubbeln.«

»Wie nett, dass Sie so Anteil nehmen.«

»Haben Sie sie aufgeschrieben? Die Nummer?«

»Nein.«

»Sie wollen sie nicht?«

Nur, wenn ich eine Zukunft habe, dachte ich und überlegte, wann es angemessen wäre zu fragen.

»Schütten Sie uns noch einen Tee auf, und diesmal mit etwas Zucker.«

»Oh«, sagte ich. Es machte mich verlegen, eine schlechte Gastgeberin gewesen zu sein. »Ich wusste nicht, dass Sie Zucker nehmen. Es kann sein, dass ich gar keinen weißen habe.«

»Die Bourgeoisie, wie?«

Ich war wütend. »Und Sie sind sich nicht zu schade, aus meinem bourgeoisen Schiebefenster zu schießen, oder?«

Er ruckte vor und griff nach dem Gewehr. Nicht, um mich zu erschießen, obwohl mein Herz kurz aussetzte. Er starrte hinunter in den Garten, und sein Körper spannte sich an, als wollte er die Scheibe mit dem Kopf einschlagen. Er ließ ein leises, unbefriedigtes Grunzen hören und setzte sich wieder hin. »Da war eine verdammte Katze auf dem Zaun.«

»Ich habe Demerara«, sagte ich, »und wahrscheinlich schmeckt der genauso, wenn er hineingerührt ist.«

»Sie kommen doch nicht auf den Gedanken, aus dem Küchenfenster zu rufen?«, sagte er. »Oder die Treppe hinunterzurennen?«

»Was? Nach allem, was ich gesagt habe?«

»Sie denken, Sie sind auf meiner Seite?« Er schwitzte wieder. »Sie kennen meine Seite nicht. Glauben Sie mir, Sie haben keine Ahnung.«

Mir kam der Gedanke, dass er kein Provisorischer war, sondern einer der verrückten Splittergruppen angehörte, von denen man lesen konnte. Allerdings war ich kaum in der Situation, Haarspaltereien zu betreiben. Das Endergebnis würde dasselbe sein. Aber ich sagte: »Bourgeoisie, was für ein Polytechnikumsausdruck ist das denn?«

Ich beleidigte ihn, und ich tat es bewusst. Den Jüngeren sollte ich erklären, dass die Polytechnika-Institute höherer Bildung für all die waren, die es nicht in eine Universität geschafft hatten: für die, die aufgeweckt genug waren, von »Affinität« zu sprechen, aber immer noch billige Nylonjacken trugen.

Er runzelte die Stirn. »Schütten Sie den Tee auf.«

»Ich denke, Sie sollten sich nicht über meine Großonkel lustig machen, weil sie, wie Sie denken, nur vorgetäuschte Iren sind, wenn Sie selbst mit Ausdrücken um sich werfen, die Sie in Müllcontainern gefunden haben.«

»Es war eine Art Witz«, sagte er.

»Oh. War es das?« Ich war verblüfft. »Dann sieht es wohl so aus, als hätte ich auch nicht mehr Sinn für Humor als sie.« Ich deutete mit dem Kopf zum Rasen draußen, auf dem in Kürze die Premierministerin sterben sollte.

»Ich werfe ihr nicht vor, dass sie nicht lacht«, sagte er. »Das nicht.«

»Das sollten Sie aber. Deshalb kann sie nicht sehen, wie lächerlich sie ist.«

»Lächerlich würde ich sie nicht nennen.« Er blieb stur. »Grausam, durchtrieben, aber nicht lächerlich. Was gibt es da zu lachen?«

»Menschen lachen«, sagte ich.

Nachdem er eine Weile nachgedacht hatte, sagte er: »Jesus hat geweint.«

Er grinste. Ich sah, wie er sich entspannte, da er wusste, dass er wegen der verdammten Verzögerung jetzt noch nicht morden musste. »Wobei«, sagte ich, »sie wahrscheinlich lachen würde, wenn sie uns hier so sähe. Auslachen würde sie uns. Voller Verachtung. Sehen Sie nur Ihren Anorak an. Sie verachtet ihn. Und mein Haar. Sie verachtet mein Haar.«

Er hob den Blick. Er hatte mich bis dahin nicht richtig angesehen. Ich war nur die Teeköchin. »So wie es herunterhängt«, erklärte ich. »Statt in Wellen gelegt zu sein. Ich sollte es waschen und mir eine Dauerwelle machen lassen. Auf abgestufte Rollen sollte ich es wickeln – sie weiß, wie man solches Haar behandelt. Und ich mag auch nicht, wie sie geht. Wie sie ›tappt‹, haben Sie gesagt. Sie wird ›um die Ecke tappen‹. Das haben Sie richtig beobachtet.«

»Was denken Sie, worum es hier geht?«, fragte er.

»Um Irland.«

Er nickte. »Und ich will, dass Sie das verstehen. Ich erschieße sie nicht, weil sie keine Opern mag. Oder weil Ihnen ihre – wie in Dreiteufelsnamen nennen Sie es? – ihre Accessoires nicht gefallen. Es hat nichts mit ihrer Handtasche zu tun. Nichts mit ihrer Frisur. Es geht um Irland. Nur um Irland, okay?«

»Oh, ich weiß nicht«, sagte ich, »Sie haben selbst etwas von einem falschen Iren, denke ich. Sie sind dem alten Land nicht näher als ich. Ihre Großonkel kannten den Text auch nicht. Deswegen wollen Sie vielleicht zusätzliche Gründe. Beigaben.«

»Ich bin traditionell erzogen«, sagte er. »Und das hier ist das Ergebnis.« Er sah sich um, als könnte er es nicht glauben: Die entscheidende Tat seines engagierten Lebens lag nur zehn Minuten entfernt, und er lehnte mit dem Rücken an einem weiß furnierten Pressspanschrank, über sich eine plissierte Papierjalousie. Auf dem ungemachten Bett saß eine fremde Frau, und dem letzten Tee, den er in der Hand hielt, fehlte der Zucker. »Ich denke an die Jungs im Hungerstreik«, sagte er, »der Erste von ihnen starb, fast auf den Tag zwei Jahre nachdem sie das erste Mal gewählt worden war. Wussten Sie das? Bobby brauchte sechsundsechzig Tage, um zu sterben, und kurz darauf folgten neun weitere Jungs. Es heißt, nach fünfundvierzig Tagen wird es besser. Da hörst du auf, Galle zu spucken, und kannst wieder trinken. Aber das ist deine letzte Chance, denn schon fünf Tage später kannst du kaum noch sehen oder hören. Dein Körper verdaut sich selbst. Voller Verzweiflung frisst er sich selbst auf. Und Sie fragen sich, ob sie nicht lachen kann? Ich wüsste nicht, was es zu lachen gäbe.«

»Was soll ich dazu sagen?«, erwiderte ich. »Ich stimme allem zu, was Sie sagen. Gehen Sie und kochen Sie den Tee, ich bleibe hier und passe auf das Gewehr auf.«

Er schien es einen Moment lang in Betracht zu ziehen.

»Sie würden sie verfehlen. Sie sind nicht trainiert.«

»Wie haben Sie trainiert?«

»Mit Zielscheiben.«

»Bei einer lebendigen Person ist es etwas anderes. Sie könnten die Schwestern treffen. Die Ärzte.«

»Vielleicht, ja.«

Ich hörte seinen festsitzenden Raucherhusten. »Oh, richtig, der

Tee«, sagte ich. »Aber wissen Sie noch etwas? Die Jungs mögen am Ende ja blind gewesen sein, aber sie haben die Sache offenen Auges angefangen. Sie können einer Regierung wie dieser kein Mitleid abzwingen. Warum sollte sie verhandeln? Wie können Sie das erwarten? Was zählen für diese Leute schon ein Dutzend Iren? Was zählen hundert? Die wollen die Todesstrafe. Sie geben sich modern, aber lass sie frei schalten und walten, und sie stechen ihren Feinden öffentlich die Augen aus.«

»Ist vielleicht gar nicht so schlecht«, sagte er. »Aufgehängt zu werden. Unter gewissen Umständen.«

Ich starrte ihn an. »Um ein irischer Märtyrer zu werden? Okay. Das geht schneller, als sich zu Tode zu hungern.«

»So ist es. Da kann ich nicht widersprechen.«

»Sie wissen, was die Männer im Pub sagen? Sie sagen, nenne mir einen einzigen irischen Märtyrer. Sie sagen, komm schon, komm, du kannst es nicht, oder?«

»Ich könnte Ihnen eine ganze Reihe nennen«, sagte er. »Die Namen standen in der Zeitung. Sind zwei Jahre eine zu lange Zeit, um sich noch zu erinnern?«

»Nein. Aber vergessen Sie nicht: Die Leute, die das sagen, sind Engländer.«

»Sie haben recht. Es sind Engländer«, sagte er traurig. »Sie können sich verdammt noch mal an gar nichts erinnern.«

Zehn Minuten, dachte ich. Etwa zehn Minuten. Ihm zum Trotz trat ich leise ans Küchenfenster. Die Straße war in ihre gewohnte Alltagsstarre verfallen. Die Leute waren alle an der Ecke. Sie mussten sie bald erwarten. Auf der Arbeitsfläche stand das Telefon, direkt neben meiner Hand, aber wenn ich es abnahm, würde er den Apparat im Schlafzimmer einen leisen Piepser von sich geben hören, würde kommen und mich töten, nicht mit einer Kugel, sondern auf eine weniger auffällige Weise, um die Nachbarn nicht zu alarmieren und sich den Tag nicht zu verderben.

Ich stand neben dem Kessel, während er zum Kochen kam, und fragte mich: War die Augenoperation ein Erfolg? Wird sie, wenn sie herauskommt, normal sehen können? Werden Sie sie führen müssen? Werden ihre Augen verbunden sein?

Mir gefiel das Bild nicht, und ich rief zu ihm hinüber, um die Antwort zu bekommen. Nein, rief er zurück, die alten Augen werden so scharf sein wie je.

Ich dachte, sie hat keine Träne in sich. Nicht für die Mutter im Regen an der Bushaltestelle oder für den Seemann, der auf dem Meer verbrennt. Sie schläft vier Stunden pro Nacht und lebt von Whiskydämpfen und dem Eisen im Blut ihrer Beute.

Als ich ihm die zweite Tasse Tee, mit Demerara, hineinbrachte, hatte er seinen weiten Pullover ausgezogen, der unten an den Ärmeln aufribbelte. Er ist für das Grab angezogen, dachte ich, Schicht über Schicht, doch das wird die Kälte nicht vertreiben. Unter der Wolle trug er ein verblichenes Flanellhemd. Der verdrehte Kragen stand in die Höhe. Ich dachte, er sieht aus wie ein Mann, der seine Wäsche selbst wäscht. »Ziehen Sie jemanden mit ins Unglück?«, fragte ich.

»Nein«, sagte er, »ich hab keinen großen Erfolg bei Mädchen.« Er fuhr sich mit der Hand über das Haar, als könnte die Geste etwas an seinem Glück ändern. »Keine Kinder, na ja, wenigstens keine, von denen ich wüsste.«

Ich gab ihm seinen Tee. Er nahm einen Schluck und verzog das Gesicht. »Hinterher …«, sagte er.

»Ja?«

»Sie werden gleich sehen, woher der Schuss gekommen ist, dazu müssen sie nicht lange herumknobeln. Wenn ich die Treppe runter bin und aus der Tür komme, haben sie mich gleich da auf der Straße. Ich nehme das Gewehr mit, dann erschießen sie mich, sobald sie mich sehen.« Er hielt inne und setzte dann wie gegen einen Einwand von mir nach: »So ist es das Beste.«

»Ah«, sagte ich. »Ich dachte, Sie hätten einen Plan. Ich meine, einen anderen, als sich töten zu lassen.«

»Was für einen besseren Plan könnte ich haben?« Es lag nur ein Hauch Sarkasmus in seiner Stimme. »Das hier ist ein Gottesgeschenk. Das Krankenhaus. Ihre Dachwohnung. Ihr Fenster. Sie. Es ist billig, sauber, schafft diese Frau aus dem Weg und kostet nur einen Mann.«

Ich hatte gesagt, Gewalt löse keine Probleme. Aber das war reine Frömmigkeit, wie das Gebet vor dem Essen. Die Bedeutung hatte mich nicht gekümmert, als ich es sagte, und als ich jetzt darüber nachdachte, fühlte ich mich wie eine Heuchlerin. Es ist nur das, was die Starken den Schwachen predigen, du hörst es nie andersherum: Die Starken legen ihre Waffen nicht weg. »Was, wenn ich Ihnen etwas Zeit verschaffen könnte?«, sagte ich. »Wenn Sie Ihre Jacke beim Schießen trügen und bereit wären zu verschwinden: den Witwenmacher hier ließen, ihre leere Tasche nähmen und das Haus wie ein Installateur verließen? So, wie Sie hereingekommen sind?«

»Sobald ich dieses Haus verlasse, haben sie mich.«

»Und wenn Sie durchs Nebenhaus gingen?«

»Wie sollte das möglich sein?«, sagte er.

Ich sagte: »Kommen Sie mit.«

Es machte ihn nervös, seinen Posten zu verlassen, aber auf diese Aussicht hin musste er es. Wir haben noch fünf Minuten, sagte ich, und das wissen Sie, also kommen Sie und lassen Sie das Gewehr ordentlich unter dem Stuhl liegen. Er folgte mir dicht auf in den Flur, und ich musste ihm sagen, er solle einen Schritt zurücktreten, damit ich die Tür aufmachen konnte. »Arretieren Sie den Riegel«, riet ich ihm. »Es wäre ein Witz, wenn wir uns aussperrten.«

Die Treppen in diesen Häusern sind ohne Tageslicht. Man kann einen Zeitschalter an der Wand drücken und die Treppenabsätze damit in ein grelles gelbliches Licht tauchen. Aber nach den eingestellten zwei Minuten wird es wieder dunkel. Allerdings nicht so dunkel, wie man erst denkt.

Du stehst, atmest ruhig und gleichmäßig, und die Augen gewöhnen sich. Die Füße machen kein Geräusch auf dem dicken Teppich, und du gehst eine halbe Treppe hinab. Du lauschst: Das Haus ist still. Die Mieter, die sich diese Treppe teilen, sind den ganzen Tag nicht da. Die geschlossenen Türen annullieren und dämpfen die Welt draußen, das Geschnatter der Radionachrichten, den Lärm der Stadt, selbst das apokalyptische Dröhnen der Flugzeuge, die nach Heathrow einschwenken. Die stehende Luft riecht nach Kampfer, als öffneten die Leute, die als Erste in diesem Haus gewohnt haben, die Schränke und holten ihre Trauerkleidung heraus. Halb schon draußen, aber noch im Haus, sichtbar, aber ungesehen, könntest du hier ungestört eine Stunde verbringen, oder gar einen ganzen Tag. Schlafen könntest du, träumen. Unschuldig oder nicht, du könntest dich hier jahrzehntelang versteckt halten, während die Töchter der Ratsherren da draußen alt werden: Hier auf den Stufen könntest auch du alt werden und die Henkersschlinge von deinem Namen nehmen. Eines Tages werden die Häuser einstürzen, in einer Wolke aus Putz und Knochenstaub. Die Zeit wird sich auf null zubewegen, auf einen Punkt: Engel werden suchend durch die Ruinen streifen, Blütenblätter aus den Gossen blasen, die Arme in zerfetzte Flaggen gewickelt.

Auf der Treppe die geflüsterten Worte: »Und werden Sie mich auch töten?« Das ist eine Frage, die sich nur im Dunkeln stellen lässt.

»Ich lasse Sie gefesselt und geknebelt zurück«, sagt er. »In der Küche. Sie können Ihnen sagen, dass ich es gleich nach meinem gewaltsamen Eindringen gemacht habe.«

»Aber wann wollen Sie es wirklich tun?« Die Stimme ein Murmeln.

»Kurz vorher. Hinterher ist keine Zeit.«

»Das werden Sie nicht. Ich will es sehen. Das verpasse ich nicht.«

»Dann fessele ich Sie im Schlafzimmer, okay? Ich fessele Sie mit Aussicht.«

»Sie könnten mich auch kurz vorher nach unten gehen lassen. Ich nehme eine Einkaufstasche mit, und wenn mich niemand sieht, sage ich, ich war die ganze Zeit weg. Aber dann müssen Sie meine Tür noch aufbrechen, oder? Damit es nach einem Einbruch aussieht.«

»Ich sehe, dass Sie sich mit meinem Job auskennen.«

»Ich lerne.«

»Ich dachte, Sie wollten zusehen.«

»Ich würde es hören können. Es wird wie das Getöse in einem römischen Amphitheater sein.«

»Nein. So machen wir es nicht.« Eine Berührung, eine Hand streicht über meinen Arm. »Zeigen Sie's mir schon. Womit ich hier meine Zeit verschwende.«

Zwischen den Etagen ist eine Tür. Sie sieht aus wie der Zugang zu einem Besenschrank. Aber sie ist schwer. Schwer zu öffnen, und die Hand rutscht vom Messingknauf ab.

»Im Falle eines Feuers …«

Er beugt sich an mir vorbei und zieht die Tür auf.

Fünf Zentimeter dahinter eine weitere Tür.

»Drücken Sie.«

Er drückt. Sie schwingt langsam auf, Dunkel ins Dunkel. Der gleiche abgestandene, gestaute Geruch, der Geruch des Grenzbe-

reichs, in dem die private und die öffentliche Welt aufeinander-
treffen: Regennässe auf Industrieteppich, klamme Schirme und
feuchtes Schuhleder, der Metallgeruch von Schlüsseln, Salz in der
Hand. Aber es ist das Nebenhaus, sieh genau in die Düsternis. Es
ist die gleiche und auch wieder nicht. Du kannst von einem Rahmen in den anderen treten. Als Mörder betrittst du Nummer 21,
als Installateur verlässt du Nummer 20. Hinter der Feuertür sind
andere Haushalte mit anderen Leben. Verschiedene Geschichten
liegen nahe beieinander: eingerollt wie Tiere im Winterschlaf, mit
flachem Atem, der Puls nicht fühlbar.

Was wir tun müssen, ist klar: Wir müssen uns zusätzlich Zeit verschaffen. Die Gnade ein paar zusätzlicher Momente, um uns von
der Situation wegzubringen, die nicht verhandelbar ist. Das Haus
hat eine unerwartete Eigenart. Sie bietet nur eine kleine Chance,
aber eine andere gibt es nicht. Aus dem Nebenhaus tritt er ein paar
Meter näher zum Ende der Straße hin ins Freie: näher zum richtigen Ende, weg von Stadt und Burg, weg von der Tat. Wir müssen
annehmen, dass er trotz seines Wagemuts nicht sterben will, wenn
er es vermeiden kann: dass irgendwo in den umliegenden Straßen,
widerrechtlich auf dem Platz eines Anwohners geparkt oder eine
Zufahrt versperrend, ein Auto auf ihn wartet, um ihn außer Reichweite zu bringen, ihn verschwinden zu lassen, als hätte es ihn nie
gegeben.

Er zögert, blickt in die Dunkelheit.

»Versuchen Sie es. Schalten Sie das Licht nicht ein. Sagen Sie
nichts. Gehen Sie nur hindurch.«

Wer hat die Tür in der Wand nicht gesehen? Es ist der Trost des
schwachen Kindes, die letzte Hoffnung des Gefangenen. Es ist der
einfache Ausgang für den Sterbenden, der nicht im Todesgriff eines rasselnden Keuchens zugrunde geht, sondern mit einem Seuf-

zer verscheidet, wie eine zu Boden fallende Feder. Es ist eine besondere Tür, die nicht den Gesetzen von Holz und Eisen gehorcht. Kein Schlosser kann sie versperren, kein Gerichtsvollzieher eintreten. Patrouillierende Polizisten gehen an ihr vorbei, denn sie ist nur für das glaubende Auge sichtbar. Bist du einmal durch sie hindurch, kommst du als Licht und Luft zurück, als Funken und Flamme. Dass der Attentäter ein Flimmern auf den Rahmen geworfen hat, weißt du. Hinter der Tür löst er sich auf, deswegen siehst du ihn nie in den Nachrichten. Deswegen lernst du seinen Namen nicht kennen, erfährst nicht, wie er aussieht. Deswegen lebte Mrs Thatcher, wie du sicher weißt, bis zu ihrem natürlichen Tod. Aber beachte die Tür; beachte die Wand; beachte die Macht der Tür in der Wand, die du nie gesehen hast. Und beachte den kalten Wind, der durch sie hindurchbläst, wenn du sie einen Spalt öffnest. Die Geschichte hätte immer auch anders sein können. Denn es gibt die Zeit, den Ort, die schwarze Gelegenheit: den Tag, die Stunde, die Neigung des Lichts, das Läuten des Eiswagens in einer fernen Gasse bei der Umgehungsstraße.

Und als er zurück in Nummer 21 tritt, grunzt der Attentäter vor Lachen.

»Pssst«, sage ich.

»Das ist Ihr toller Vorschlag? Dass sie mich ein Stück weiter die Straße hinunter erschießen? Okay, wir probieren es. Verlassen den Ort auf einer anderen Route. Eine kleine Überraschung.«

Die Zeit ist knapp. Wir kehren ins Schlafzimmer zurück. Er hat nicht gesagt, ob ich es überleben werde oder andere Pläne machen sollte. Er schiebt mich zum Fenster. »Machen Sie es auf und treten Sie dann zurück.«

Er fürchtet, ein plötzliches lautes Geräusch könnte unten jemanden aufschrecken. Aber wenn das Fenster auch schwer ist und mitunter an seinem Rahmen rüttelt, fährt es doch ruhig nach oben. Er muss sich keine Sorgen machen. Die Gärten sind leer, und drüben im Krankenhaus, hinter Zäunen und Büschen, tut sich etwas. Sie kommen heraus: zunächst nicht die höheren Herrschaften, sondern eine Schar Schwestern mit Kitteln und Hauben.

Er nimmt den Witwenmacher und legt ihn sich sanft auf die Knie. Er kippelt mit seinem Stuhl vor, und weil ich sehe, dass seine Hände wieder schweißnass sind, bringe ich ihm ein Handtuch, das er ohne ein Wort nimmt. Er wischt sich die Handflächen trocken. Erneut werde ich an etwas Priesterliches erinnert: ein Opfer. Eine Wespe trödelt auf der Fensterbank herum. Der Geruch der Gärten ist wässrig und grün. Lauer Sonnenschein zieht herein, poliert seine schäbigen Halbschuhe und schiebt sich scheu über die Oberfläche des Frisiertischs. Ich will ihn fragen: Wenn das, was geschehen soll, geschieht, wird es laut sein? Hier, wo ich sitze? Wenn ich sitze? Oder stehe? Wo stehe? Neben ihm? Vielleicht sollte ich mich hinknien und beten.

Jetzt sind es nur noch Sekunden. Auf der Terrasse, dem Rasen zwitschert das Krankenhauspersonal. Eine Verabschiedungsreihe hat sich gebildet. Ärzte, Schwestern, Bürohocker. Der Chef kommt dazu, in seinem weißen Aufzug und mit einer Haube, wie ich sie bisher nur in Bilderbüchern gesehen habe. Wider Willen muss ich kichern. Ich bin mir jedes Ein- und Ausatmens des Attentäters bewusst. Stille senkt sich nieder: auf den Garten, auf uns.

Hohe Absätze auf dem vermoosten Pfad. Tippi-tapp. Tappe weiter. Sie müht sich, kommt aber nicht schnell voran. Die Tasche an ihrem Arm, wie ein Schild. Der geschneiderte Anzug genau, wie ich ihn mir vorgestellt habe, die Schleife, die lange Perlenkette und – etwas Neues – eine riesige Brille. Schützt sie, ohne Zweifel, vor den Prüfungen des Nachmittags. Die Hand ausgestreckt, bewegt sie sich an der Reihe entlang. Jetzt, da es endlich so weit ist, haben wir alle Zeit dieser Welt. Der Schütze kniet nieder und nimmt seine Position ein. Er sieht, was ich sehe, den glitzernden Helm ihres Haars. Er sieht ihn wie eine Goldmünze in der Gosse leuchten, groß wie den vollen Mond. Die Wespe schwebt über der Fensterbank, hängt in der ruhigen Luft. Ein leichtes Blinzeln des blinden Auges der Welt.

»Freuen Sie sich«, sagt er. »Scheiße noch mal, freuen Sie sich.«